新潮文庫

人民は弱し 官吏は強し

星 新 一 著

新 潮 社 版

2475

人民は弱し　官吏は強し

1

　大正三年の早春。京橋の交差点そばの大通りに面して、鉄筋コンクリート四階建てのビルができた。なにもかも新しく、外側は白く明るくぬられていた。窓は大きく、日光を一杯に吸いこんでいた。近くの商店や住宅はせいぜい二階建ての、くすんだ色をした木造かレンガ造りで、明治のにおいを濃くただよわせている。その対照は異様ともいえるほどきわだっていた。

　通りがかりに眺める人の頭には、なぜとはなしにアメリカという言葉が浮かんできてしまう。時たま絵葉書や写真画報などで目にする、ニューヨークとかサンフランシスコとかいう名の街。それに写っている建物のひとつを、いたずらな神がはるばる運んできて、ここにむりやり割り込ませた。そんな印象を受けるからだった。

　アメリカを連想させるものは、建物の感じばかりではなかった。ビルの屋上にとりつけてある、赤くふちをとった大きな看板。そこには電球を並べて巨大な文字が横書きされてあった。夜になると電気がともり、東京の空に浮きあがるように赤く輝いて、見る者に告げる。「クスリはホシ」と。

そのビルの最上階の社長室に星一《ほしはじめ》がいた。きちんとした服装、きれいに刈った髪、細い銀ぶちの眼鏡をかけていた。どちらかといえば長身で、動作には颯爽《さっそう》としたところがあった。彼のまわりにもやはり、どこか他の者と異質なものがあった。ビルと同じく、会う者にアメリカの空気を感じさせる。同じ種子からの草花でも、よそで育ててから移し戻されたのは、やはりどこかちがう。そんな感じだった。

また、彼の顔の上には、だれしもが楽しげな表情をみとめた。それを得意さのあらわれと受け取り、内心で不快に思う者も少なくなかったにちがいない。しかし、これは生れつきのものだった。童顔であることと、性格が楽天的であることは、いまさらどうしようもない。

あるいは、生れつきでなかったとしても、アメリカで青年時代をすごすと、微笑しているような顔になってしまうものなのかもしれなかった。帰国し、深刻そうな顔つきの人びとのなかにいると、とくに目立つようだ。

星一は四十歳、まだ独身だった。事業を育成する時期においては、その責任者は全精力をつぎこむために、独身であるべきだ。彼はこんな信条を持っていた。また実際問題として、これまでのところ、結婚を考えるような精神的、時間的余裕もなかったのだ。

「星君。いいかげんに結婚をしたらどうだ。若く見えるからまだ結婚しなくてもいい、という理屈はないぞ。家庭を持ったほうがいい」

親しい友人から、こんなふうに言われることがある。そのたびに彼は反問した。

「家庭を持つと、どんないいことがある」

「妙なことを言い出すな。たとえばだね、病気になった時に、妻子は親身になって世話をしてくれる」

「それはそうかもしれないが、ぼくはずっと以前から、病気をしないことにきめているんだ。だから、そのたぐいの恩恵にあずかる必要もないだろう」

「病気にはならないですむかもしれない。しかし、人間には寿命というものがある。最後をみとってくれる者がいないのは、さびしいことじゃないかな」

「大丈夫だ。ぼくは死なないことにきめているんだ」

友人はあきれ、星は面白そうに笑う。アメリカ生活でしぜんに身についたウィットでもあったが、また本心でもあった。自分の前には、可能性をひめた世界が無限にひろがっているように思えてならなかったのだ。

それは根拠のない予感といったものではなかった。自分のはじめた製薬の仕事は、順調に急速に発展しつづけている。行きづまることがあるとは、考えられなかった。仕事が自分であり、自分が仕事である。したがって、終末の念が心に浮かぶことなど、なかったのだ。

普通の者だったら、たしかに得意になるところかもしれない。普通でない者だったら、いまが大切な時だ、いい気にならずペースを着実に守るよう努めなければと、大いに自戒するところかもしれない。

しかし、いまの星の頭をしめている問題は、そのいずれでもなかった。彼はアイデアを求めて考えつづけていたのだった。この現状からさらに高く飛躍するには、新しいアイデアが必要なのだ。

この社長室の壁ぎわには、大きな製品陳列棚《ちんれつだな》があった。なかには派手な赤い缶の胃腸薬をはじめ、かぜ薬や目薬など、さまざまな品が並べてある。来客があると、星はそのひとつひとつを指さし、相手に口をはさむ余地を与えず、長々と楽しげに説明する。知識を他人に進呈することが、うれしくてならないという様子だった。来客のほうは、いつ用件を切り出したものかと、それればかり気にし、ほとんど耳に入らないことが多い。

しかし、自分ひとりの時には、星の日は陳列棚のなかの、イヒチオールという薬にひきつけられてしまう。その理由は、これが最初に作りあげた製品だったからだ。人生でいえば初恋の女性、作家でいえば処女作、役者でいえば初舞台といったところだった。

十二年間にわたる苦学生活をおえてアメリカから帰国したのが、十年前の明治三十八年。中央新聞社からは月給三百円でつとめないかと、破格の条件でさそわれ、朝鮮総督府からは腕のふるいがいのある官職への話があった。しかし、そのいずれをも断わり、借り集めた四百円の資金で作りはじめたのが、このイヒチオールという薬だった。大きな組織に入って仕事をするのも悪くはない。だが、自分の能力と責任において、なにか新しいことをやってみたかったのだ。

といって、星がアメリカで学んだのは薬の方面ではなかった。専門は政治や経済であり、とくに熱心に研究したのは統計学だった。しかし、売薬についての知識は、いつのまにか、もっと切実に頭のなかにしみこんでいた。

異国で送金なしに苦学する場合、なんといっても最大の災厄は病気である。医者にかかるには大金がいるし、へたをすれば、望みなかばでむなしく帰国しなければならない。病気をしないことにきめる。この信念めいたものを持つに至ったのも、ふしぎではなかった。そうでなかったら、毎日がはなはだ不安なものになってしまう。しかし、気力と注意だけでは防ぎきれない病気もある。星はからだの調子が変だなと思うと、すぐに売薬を買って早目に悪化を食いとめる習慣が身についてしまった。ひどくしてから医者にかかるより、はるかに安くてすむ。

名称や効能や定価を、いやでも覚えてしまった。ずいぶん各種の薬を使ったものだったが、そのなかのひとつにイヒチオールがあり、打撲《だぼく》傷の時に湿布《しっぷ》として用いるとよくきいた。黒いねばねばした薬品で、いかにも薬らしいにおいがする。

アメリカであれだけ効能がみとめられ、あれだけ普及しているのだから、わが国でも作れば使う人もふえるにちがいない。こう判断し、冒険と知りつつ着手した。しかし、化学にくわしいわけではなく、もちろん当初はそれなりの失敗や苦労があったが、一方、できた製品はかなりの利益を含んだ値で問屋が引き取ってくれた。

これに力づけられ、工場をひろげた。原料はガス会社から、廃液をきわめて安く払い下げてもらえることになり、面白いようにもうかった。

ということは、と星はその時に気がついた。人びとが輸入した商品を使うことで、いままでは外国をどんなに面白がらせてきたことだろう、と。この利益と興味とを、わが国に取り戻さなければならない。すなわち、輸入にたよっている品の国産化とは、自国の損失を防ぐことでもあり、事業としても有望である。ベつに取り立ててさわぐほどでない、ありふれた原則かもしれない。しかし、イヒチオールを作りながら悟ったこの考え方が、星の今後の発想をずっと支配することになるのだった。

イヒチオールでの利益をもとに、各種の売薬をつぎつぎに作り、販売した。また、資金面での応援者もつき、株式組織にし、スタートは好調だった。販売方法においてはアメリカで学んだやりかたを応用し、それも成功した。新聞に大きく商品の広告をし、一村に一軒ずつの特約販売店をおくという方法である。

広告をともなった商品は、いうまでもなく売行きがいい。販売店にとっては魅力だ。しかも一村に一軒の独占となると、さらにうまみがある。ただし、その特約を維持するには、努力して売上げを高めなければならないことになっていた。

資産があって、ふところ手でもうけようとする薬店より、資産のない点を努力でおぎなおうとする薬店のはうがいい成績をあげた。その統計が出てからは、特約店を選ぶに際し、資産の点は考慮しないことにした。財産は活動を助ける条件ではない。

アメリカで学んだことの活用は、販売法といった表面的なものだけでなく、もっと根本的な点にあった。金持ちには資金を出させ、従業員には仕事を与え、販売店には商品をまわし、消費者にはそれで生活を高めさせる。そして、いずれの関係者にも利益の配当にあずからせる。この組織を作りあげ、運営することこそ、本当の意味の事業なのだ。

だれも指摘していないが、これについての理解を人びとに広めることができれば、わが国もアメリカのごとく活気ある、能率的で豊かな国になっていくのではないだろうか。欧米と真に対等な立場になれるのではないだろうか。これが仕事における星の方針だった。

方針であるだけでなく、事実このビルのなかには活気がみちていた。和服姿の者もまざっていたが、若い社員たちが大ぜい机を並べ、ソロバンの音が忙しげに響いていた。よそではまだ珍しい存在である電話のベルがひっきりなしに鳴り、特約店の契約のために地方から上京した者の、なまりのある話し声が各所でしていた。

また、一階の小売部もにぎやかだった。薬を求めに来た客に加えて、ショーウインドウのある新しいビルに入ってみたいだけの見物人も多かったのだ。店内は明るく、ガラスのケースにはさまざまな色彩の売薬が並べられている。壁に貼《は》られている大きなポスターの図柄は、白鳥と若い女とを組合せたもので、新鮮さが人目をひいた。その男の社員たちは階段をあがる時、ほとんどの者が二段ずつ駆けあがっていた。

音はコンクリートの床から高い天井へと、軽快に反響した。これは星の癖がいつのまにか伝染したためだが、そのほうが自然のような雰囲気《ふんいき》が、ビルのすみずみまで支配していた。会社の発展にあわせて歩調をとっているようであり、歩調をこのように早めているから、発展のテンポがこう早いのだといえるようでもあった。どちらなのかはわからなかったが、それでいいのだった。活気と発展とは同一のものなのだから。

ひとつの新興勢力といえた。そして、いうまでもなく、これをよく言わない人たちも存在した。売薬とは個人経営でほそぼそとやり、確実な利益をあげてゆく仕事だという、在来の常識の殻にこもった同業者たちである。新しいビルとその内部の活気とは、彼らを不安にさせ、いらいらさせた。恐るべき強敵にも見え、危険な混乱をまきちらす者にも見えた。といって、どうしたらいいのか見当もつかなかった。押えつけようにも、その方法がわからず、まねをしようにも、どうやったものかわからなかった。

敵と見た者は嫉妬《しっと》して山師と呼び、混乱のもとと見た者は、すぐ行きづまるだろうとうわさして自分をなぐさめた。しかし、星の勢いはいっこうにおとろえず、ために彼らの心のわだかまりは、内にこもる以外なかった。

あとになってみれば、この感情に気づいてもっと警戒すべきだったことになるのだが、星はべつに気にもとめようとしなかった。アメリカ育ちの彼にとって、この種の感情は理解のそとにあったのだ。フェアな競争でおくれをとったら、相手を追い抜く新しい道を開拓し、そのつみ重ねで産業が進歩する。星はこの公式しか知らなかった。陰にこもった暗くよどんだ存在、それをかぎわける力をそなえていなかった。

悪評がまったく耳に入らなかったわけでもないのだが、実績が誤解を打ち消すだろうと考えていた。創業以来の十年、やましい行為なにひとつなく、堅実な上昇をたどってきたのだ。そして、米人に設計させたこのビルを造るまでに成長した。

屋上にあがってみると、東京湾から宮城《きゅうじょう》までをずっと見渡すことができた。つまり、このへんで最も高い建物なのだ。もっとも、少し遠くには新築されてまもない、ルネッサンス式三階建ての東京駅があり、その大きさには及ばなかった。しかし、国家が七年の日数と三百万円の金をかけて造った駅だ。比較するわけにはいかない。ビルの屋上に立つ時も、星の表情には現状への満足感はない。現状維持の精神が少しでもあったら、第一ここまで到達できなかったはずではないか。そもそも、アメリカまで苦労して出かけることも、帰国して薬を作ることもしなかったはずだ。

それに、かすかにではあるが、関係者たちが事業とはなにかを、やっと理解しかけてきた段階でもある。それをさらに徹底させて実地に知らせるためにも、ここで飛躍を試みなければならない。活気ある冒険こそ、成功をもたらす源泉なのだ。ビルの高いことなど、自慢すべきことではない。ニューヨークにはこの何倍も大きなビルが、数えきれないほど並んでいたではないか。

2

このところ毎日、星は社長室でずっとアイデアを模索しつづけていた。といって、それに一日中かかりっきりだったわけではない。それに専念できるのは、夕刻になって社員たちが帰り、ビルのなかに静かさがただよいはじめてからのことだった。昼間は事務の決裁や来客との応接に忙しく、また一日に一回は大崎駅のそばの工場へ、ようすを見に行かねばならなかった。

独身では帰宅しても意味がない。自宅はあるにはあるのだが、小さく粗末で、眠るための場所にすぎない。むしろ、この社長室が自宅といえた。

たまにはどこかへ出かけ、芸者を相手に酒でも飲んで気ばらしをしたらと、すすめる者もあった。アメリカ帰りの新進の事業家で、独身ということになれば、歓迎されるべき客といえる。しかし、その面白さを星は知らなかった。

十八歳で渡米してからのアメリカでの十二年間は、学校で講義を聞いているか、図書館や実地で調査をしているか、その費用をかせぐために働いているかのいずれかであった。また、帰国して製薬をはじめてからは、成功の確証のない新しい分野の開拓の毎日だった。ゆうゆうと遊びの味を覚えるひまは、まったくなかった。そして、いまさら覚えようとする気もなかった。遊びなど、どこが面白いのかわからない。仕事のほうがはるかに楽しさにみちている。

酒はきらいではなかった。それどころか、体質的には飲めるほうだった。しかし、しばらく前に完全にやめてしまっていた。星の家系には、大酒のために五十代の年齢で死亡しているのが多い。統計学によると、酒はやめるべきだとの結論になり、星はそれに従ったままでだった。また、薬の事業にたずさわる責任者が若死にしては、薬に対して申しわけない。いや、科学や社会に対しての裏切り行為ということにもなる。

タバコも一時は吸っていたが、それもやめてしまった。唯一《ゆいいつ》の好きなものはスチーム・バスであった。滞米時代、時たま行ったものだった。金もかからず、熱い蒸気のこもった室内にいると、からだの疲れがとれ、緊張しつづけの精神がほぐれ、異国にいるきびしさをしばし忘れた。しかし、スチーム・バスは日本にはなく、行きたくてもどうしようもない。

椅子《いす》にかけて机にむかった星は、酒のかわりに、魔法びんにつめてある紅茶を自分でカップについだ。これが彼の愛用品だった。

静かな室内にたちのぼる湯気をみつめ、甘いかおりをかぎ、少しずつ飲みながら、彼は思考にとりかかった。しかし、アイデアというものは、ただ黙って待っていても、むこうから気まぐれに訪れてきてはくれない。無から有をうみだす作業が、そんなに容易であるわけがない。

多くの人の意見を集め、広く資料を調べ、とらわれない自己の判断で整理し、そこから新しい可能性をひきだすことである。具体的な世界から抽象の世界に飛び、ふたたび具体的な世界に戻りながら、せきとめられている水路を発見することなのだ。

星はまず、他人から聞いた意見をまとめてみた。それはほぼこんな答に要約できた。

「世界における製薬の先進国であるドイツでは、石炭をもとにしたコールタール系の原料から、新しい合成薬品をつぎつぎに作りあげている。やはり、この分野をめざすのがいいのではないか。ドイツでの成果を調べ、その国産化をはかるべきだと思う」

たしかに、もっともな説だったが、星はどうも抵抗をおぼえた。第一に、あまりに当然すぎる。当然すぎることをそのままやるのは、星の性格にあわなかった。第二に、ドイツの薬品の優秀さはみとめるが、その模倣をやったのでは、あくまで模倣にとどまり、追い越すことはむずかしい。第三に、この常識的な道は、いずれ他の同業者が手がけるにきまっている。彼らにまかせればいいことではないか。

これとはべつに、なにかもっと独自な分野があるはずだ。あるにちがいない。ドイツは石炭の産出国であり、製鉄の国でもある。製鉄に使用するために、石炭をコークスにし、その時の副産物としてコールタールが出る。合成薬品が出現するのにふさわしい背景があった。これと同じように、日本にもふさわしいなにかが……。

こう考えてきて、星の頭のなかで、いままで霧のように漠然としていたものが動き、凝結して形をとりはじめ、アルカロイドという言葉になった。

アルカロイドとは、植物に含まれていて、人体に特有の生理作用をもたらす成分のことである。溶液にするとかすかにアルカリ性を呈するため、アルカロイドの名がつけられた。

支那《しな》の古い神話には、神農《しんのう》という人物のことが語られている。農業をはじめておこなった人であり、また薬草の存在をはじめて世に知らせたという。それ以来の長い東洋医学の伝統ともいえる、草根木皮の薬理作用。その有効成分を抽出し、結晶体にし商品とする産業こそ、日本をドイツに匹敵する製薬国に導く道ではないだろうか。

アルカロイド。

星はこのこころよい響きを持つ発音を、口のなかでくりかえしてから、机の上のメモに書きとめた。検討すべき分野が一応せばまったわけだった。では、アルカロイドをやるとしたら、なにから手をつけるべきだろうか。その答を得るのには、あまり時間を要しなかった。モルヒネである。

ケシの果実に、未熟なうちに傷をつけると、乳状の液がにじみでてくる。これが阿《あ》片《へん》であり、それの持つ神秘的ともいえる麻酔作用は紀元前から人類に知られ、利用されてきた。この主成分がモルヒネなのである。近世になって化学が進み、モルヒネの抽出に成功して以来、この薬品は激痛をともなう病気の救いの神となり、また手術による治療の必要品ともなった。

将来にむかって医療水準が高まるにつれ、需要も多くなるにきまっている。それなのに、欧米からの輸入にすべて依存しているのが日本の現状だった。この産業をわが国に確立することは、やりがいのある仕事といえる。さらに、その利益と技術をもとに、新しい未知のアルカロイドにたちむかい、人類の利益に奉仕させるのだ。

星は大きく息をつき、精神の解放感を味わった。

つぎの日。星は朝はやく出勤すると、まっさきに目に入った若い社員に声をかけた。

「ちょっと社長室まで来てもらいたい」

「はい。なんでございましょう」

その社員は、不安と期待のまざった表情であとについてきた。星は言った。

「モルヒネ製造の可能性について、その調査をやってもらいたいのだ。早いほうがいい」

しかし、文科出の社員のため、モルヒネのなんたるかを知らなかった。彼はまばたきをしながら聞きかえした。

「その、アルカロイドのモルヒネとは、なんなのでございましょうか」

「それぐらい、自分で調べてみろ」

星はどなりつけた。どなることも、また彼の癖だった。癖というより、これもアメリカで身についた習慣だった。アメリカ人の雇い主は、男でも女でもよくどなり、それで能率をあげていたものだ。

また、発展の段階にあるこのビルでは、低い静かな口調での話はふさわしくなかった。社員たちのほうでも、どなられることにはある程度なれてもいた。

「はい。やってみます」

と答えて部屋から出てゆく社員の背中を見ながら、星は思った。彼は大急ぎで本を開くなり、だれかに聞くなりして調べ、モルヒネのなんであるかを知るだろう。そのほうがいいのだ。自分で取組んで得た知識は、よく頭に入り、抜けることがない。

しかし、数日たってもたらされた報告は、あまり希望にみちたものとはいえなかった。この実現の前には、大きな壁が立ちふさがっているとわかったのである。それは原料の入手についての問題だった。

原料である阿片は、法律によって日本政府の専売品となっている。大阪府下でできるごく少量の国産のものも、外国おもにインドから輸入するものも、すべて政府が一手に買上げることになっていた。そして、東京衛生試験所が加工し粉末として、医療用に払い下げている。これ以外の売買は、許されず、原料入手の唯一のルートだった。

それを購入して原料に使えばいいとはいうものの、事実上は不可能だった。その払い下げ価格が、国際相場の三倍から四倍にもなっている。専売によって国庫収入をはかるためとはいえ、お話にならない高価なのだ。これを原料としてモルヒネを製造したのでは、魔法でも使わない限り、外国品とたちうちのできる価格の商品を作れるわけがない。

もしかしたら、星が思いつく以前にも、モルヒネ製造に着眼した人があったかもしれない。しかし、すぐこの問題にぶつかり、あまりのばかばかしさに、あきらめざるをえなかったことであろう。

社員はこんな報告ももたらした。

「モルヒネの精製法を研究している学者は、わが国にはいないようです」

星はうなずいた。それは当然のことだろう。原料が高く、はじめから採算のとれないことが明らかでは、だれも熱を入れてやる気にはならないだろう。

念のために、星は衛生試験所に問い合せた。しかし、そこでも同様、モルヒネ製造についての調査も研究もおこなわれていなかった。星は顔をしかめた。民間で手の出しようのない状態の問題ならば、政府がその試験所で研究をなすべきではないのか。このような怠慢は、アメリカだったら大いに批難されるところだ。星はどなりつけたい衝動を感じたが、それはやめた。ここは日本であり、相手は社員ではなく役人なのだ。

星はあきらめようとしなかった。法律で定められている、阿片の専売という事実。自分のアイデアの実現をはばむ、大きな強い壁であることはたしかだ。しかし、壁というものは、乗り越え突破するためにこそ存在している。これが彼の人生観であった。いや、人生観と意識もしない、もともと身にそなわっていた考え方だった。また、いまでの体験で裏付けもされている。

太平洋を越え、やっとサンフランシスコの港にたどりついた時のことである。不慣れと興奮による心のすきにつけこまれ、知りあった在留邦人にだまされ、百ドルほどの所持金のすべてを巻きあげられてしまったことがあった。星はその事件を回想し、あれもひとつの壁だったなと思った。悲観的な性格の者なら、領事に泣きついて船賃を借り、そこから引きかえしたかもしれない。しかし、すぐに職をさがし、いかにひどい仕事でもより好みせずに働くと決心することで、なんとか生き抜き、苦境を脱した。

やがて東部に行き、コロンビア大学に入学しようとした時もそうだった。どう働いても、授業料として必要な年百五十ドルがかせぎ出せない。その際は、講義を聞くのは半分だけにするから授業料を半分にまけてくれ、との案を持ちこんで交渉し、学校側を承知させた。卒業までに普通の二倍の年月を要してもいいとの覚悟で、なんとか壁を乗り越えた。あれはわれながら名案だったな。星は思い出し、楽しげに笑った。

これに類した体験は何回もあったが、いずれもなにかしら案を発見し、努力をおしまないことで道を切り開いてきた。これだけつみ重ねてくると、社会の原理のひとつと思えるのだった。絶対的な行きづまりの状態など存在しない、当事者がそう考えるだけなのだ、と。このモルヒネ製造についても同様だ。方法は必ず存在する。まだ発見していないだけのことなのだ。

どんな方法があるだろうか。最も常識的な解決策は、政府に交渉し阿片専売法を改正してもらうことだ。しかし、これは容易なことではない。官庁は権限を民間に渡すことを好まないだろうし、統制もとりにくくなる。

それから連日、星は原料阿片のことを考えつづけた。阿片を原料にせずにモルヒネを作る方法はないものか、といったとんでもない空想が頭のなかにあらわれ、消えていった。そのほか、ひとに話したら軽蔑《けいべつ》されるような愚にもつかない思いつきも浮かび、また消えていった。

そのあいまに、阿片に関連して、台湾ですごした日々のことを思い出し、さらに後藤新平を連想してしまうのだった。

星はイヒチオールの製造をはじめる前、ある人のすすめにより、台湾の民政長官であった後藤新平のもとで、二カ月ほど働いたことがあった。後藤はその企画力と実行力によって、都市計画に交通に産業に、着々と治績をあげていた。

こんな挿話《そうわ》がある。後藤は着任してすぐ、現地人の信頼を高めるためと称して、総督や長官の官邸を壮大なものに造りかえた。内地からやってきた高官がそれを眺めて言った。

「こんなに大きな、西洋の御殿みたいなものを造って、どういうつもりなのだ」

「よろしい。では、いまの文句を紙に書いて署名してもらおう。やがて、この官邸さえも小さく目立たぬ存在になるほど、この地が発展するはずだ。その時の笑い話のたねにとっておきたい」

後藤はこう答えて、相手をやりこめたという。

星は滞在の二カ月のあいだに、この官邸を訪れ、アメリカで頭一杯に仕入れてきた新知識をもとに、ひっきりなしに進言した。ここには、どんな意見も自由に提案できる空気があった。しかし、弁舌さわやかなことで知られ、新奇な計画をしゃべることの好きな後藤も、これには少し音をあげ、星に〈アメリカ人〉とあだ名をつけた。

「おい、アメリカ人。また、なにか提案を持ってきたな。今度はどのようなものか」

と、後藤は笑いながら星に呼びかける。しかし、星は真顔で答える。

「おからかいになってはいけません。しかし、私もそろそろ最後の提案を申しあげ、それで終りにしたいと思っております」

「そういう提案があるとは思わなかった。なんとか実現するよう考えてみる。それを聞かせてくれ」

「後藤閣下はヨーロッパに留学はなさっておいでですが、まだアメリカをごらんになっておりません。アメリカには学ぶべきことがたくさんあり、とくに閣下のごとく新領土経営の責にあるかたは、ぜひ視察をなさるべきです」

星は熱心にすすめ、ついに後藤の腰をあげさせてしまった。その一行十名、三カ月の旅行の世話を星がひきうけ、アメリカを重点的に案内した。その視察旅行で大いに得るところのあった後藤は、それ以来、星をなにかにつけて可愛《かわい》がってくれている。

後藤新平の民政長官時代における功績のひとつに、阿片吸飲者の漸減政策があった。いままでの患者にはその慣習をみとめて続けさせるが、新しい増加は断固として取締る方針のことだ。強権で一掃するのは不可能な根づよく広まった害毒だが、時の流れの力で徐々に消し去ろうというのである。

あの政策は、そのごどう進展しているのだろうか。星は回想のあげく、ふと思った。疑問のままにしておくと落ち着かない。星は台湾に社員を出張させ、阿片に関するすべてを徹底的に調査させることにした。

そして、その報告がもたらされた。阿片政策は計画どおり成果をあげつつあり、最初は十九万人であった吸飲者が、大正二年の調査では八万人に減少しているという。

その八万人に対する供給は、総督府に属する台湾専売局が独自に外国から原料阿片を輸入し、煙膏《えんこう》を製造し、登録した吸飲者に払い下げることでなされている。なお、煙膏とは阿片を加工してクリーム状にしたもののことで、吸飲者はそれを煙管《きせる》につめ、火で熱しながら煙を吸うのである。

星はうなずいた。減少しつつあるとはいえ、八万人とは相当な人数だ。事実、社員の報告でも、台湾で消費される阿片はかなりの量であることがわかった。モルヒネ製造への突破口があるとしたら、このあたりにあるのではなかろうか。それは直感でもあったし、また、理屈で考えても、いずれにせよ内地では専売法にしばられ、手も足も出ない状態なのだ。星は思いついて、出張から戻った社員に質問した。

「煙膏に含まれているモルヒネの量は何パーセントだ」

「はあ、それは調べてまいりませんでした」

「そんなことでどうする」

星は例によって反射的にどなってしまったが、これで社員をせめては気の毒といえた。星としても、とつぜん頭に浮かんだ疑問だったのだ。

星はあらためて台湾専売局に手紙を出し、煙膏についてさらにくわしく問合せた。その返事により、つぎの点がわかった。

煙膏のモルヒネ含有量は六パーセント。インド産の阿片を原料として製造している。

この回答の手紙を机にのせ、星は社長室での夜の思考をつづけた。もちろん、資料はこれだけではない。外国の商社から取り寄せた阿片の相場表もあり、また、各地で産する阿片の分析表もあった。それらをあたり一面にひろげ、星は考えるのだった。

分析によると原料阿片のモルヒネ含有量は、産地別でこうちがっていた。

インド産のは六パーセント

ペルシャ産のは一〇パーセント

トルコ産のは一五パーセント

相場のほうは、阿片一斤《きん》あたりの価格が左のごとくなっていた。

インド産のは十二円

ペルシャ産のも十二円

トルコ産のは十二円半

含有量と相場が比例していないのに、星はまず不審を抱いた。だが、その原因を調べてみると、もっともな理由があった。味の点である。アルコール分の多い酒が必ずしも高くなく、ニコチンの少ないタバコが必ずしも安くないのと同様なことらしい。

——そういうものかもしれないが、それにしても不均衡すぎるな。

——まったく、おかしいほど不均衡だ。

――おかしいと感じたら、そこをよくさがせ、なにか真理が出てくる、とかいうことわざがあったようだぞ。

星は自分自身との対話をはじめた。彼は多弁であり、ひとと会う時、相手がなにか言うと、その十倍ほどしゃべる。しかし、静かななかで一人になると、話しかける相手は自分だけになってしまう。多弁どうしの対話だから、それはしだいに速力をまし、回転し、やがてなんらかの結論に到達する。これがいつも、彼のアイデア発見への過程だった。

――インド産のが最も割高なのに、台湾の専売局はなぜそれを使っているのだろうか。

――最初に確立した煙膏製造法を守り、そのままつづけているのだろう。疑問を感じることはあっても、役人とは変化を好まぬ保守的なものだからな。

――あるいは、六パーセントという含有量の同一な点が、原料阿片から煙膏に加工する際に便利なのかもしれない。

――原料をインド産のものから、ペルシャ産に切り換えさせたらどうだろう。

――そうすれば、仕入れ値はそのままで、四パーセントというモルヒネが浮く。

――無から有がうまれてきたことになる。それを入手するようにすればいい。

「ここだ、ここだ」

星は思わず大声で叫んでいた。解決法を発見した時の喜び。彼にとって人生における最大の快楽は、この一瞬にあるのだった。考えるあいだの苦痛も、その原因となったさえぎる壁も、この爽快《そうかい》さを高めるために神が作っておいたとしか思えない。壁がなく、考え悩むことがなければ、人生はどんなに味気ない平凡なものとなるだろう。壁でひきかえしたり、壁をよけて通ったりする人の心理が不可解でならないのだった。

その時、社長室のドアがそとから勢いよく開かれ、緊張した顔で宿直の社員が入ってきて言った。

「どうかなさいましたか」

「いや、なんでもない」

「しかし、お呼びになる声を耳にしましたが」

「そのことなら心配しなくていい。じつは、祝杯をあげたい気分なのだが、私は酒を飲まない。おまえ、かわりにあとで飲んでくれ」

星ははればれした表情で、ポケットの紙入れから一枚の紙幣を出して渡した。長い滞米生活のうちに、チップを出す動作が身についていて、無意識になると自然にそれがあらわれる。

しかし、入ってきた社員のほうは、チップなどになれていない。それどころか、叫び声を耳にし、変事かと思ってかけつけてみたら、想像外の情景が待っていたのだ。わけがわからず、呆然《ぼうぜん》としつづけていた。

つぎの日、星は前夜の案を整理した。台湾専売局に提案して、インド産阿片《あへん》の輸入をへらし、ペルシャ産かトルコ産のに切り換えてもらう。そして、それを煙膏に加工する際に浮く、必要以上のモルヒネを抽出し、それを払い下げてもらう。

台湾専売局はそうしたところで、なにも損をしない。それればかりか、払い下げた金額だけ収入の増加になるはずだ。また、払い下げを受ける星の立場としても、こんなありがたいことはない。もちろん安ければ安いに越したことはないが、モルヒネの原料として妥当な価格でありさえすれば充分に満足だ。これによって、欧米諸国の製薬会社と、はじめて対等のスタート・ラインに立てるといえる。

すなわち、日本におけるモルヒネ製造も、不可能ではなくなったのだ。あとは技術の改良による品質向上と、収量を高める点だけでの競争となる。楽ではないかもしれないが、努力さえすれば勝負になる競争なのだ。

台湾専売局としても、このことによって新しい産業を育成したという実績を残すことになる。国家的にみても、高価な外国製モルヒネを輸入しないですむ。なにもかも、けっこうずくめに思えた。しかし、星はここで少し反省した。自分の性格には楽天的すぎる点がある。なにか重大な見落しがあるのではないだろうか。

自分が喜びとともに築きあげた計画のなかから、欠点を見つけだすのはむずかしい。なかなか思いつかなかったが、無理に考えたあげく、やっと被害を受ける者のあることに気がついた。阿片吸飲者たちだ。煙膏に含まれているモルヒネの量は変らなくても、味がいくらか落ちることになるかもしれない。それと、インドの阿片業者だ。しかし、これぐらいの犠牲は仕方のないことだろう。

星は以上の計画を文書にまとめ、台湾専売局に提出した。当時の総督は第五代、陸軍大将佐久間左馬太《さくまさまた》、専売局長は山脇春樹。大正三年の晩春のことであった。

3

台湾の専売局長はまもなく賀来《かく》佐賀太郎にかわったが、星の提案を好意的に検討し、採用実行という方角にむかって動きはじめた。

いうまでもなく、この動きの促進には後藤新平の口ぞえが役立った。台湾は後藤新平長官時代にたてられた方針と計画にもとづいて、すべてが進行していた。賀来はその系統の主流ともいえる人であった。

しかし、それにもまして大きな力は、大正三年の夏に勃発《ぼっぱつ》したヨーロッパにおける大戦だった。六月二十八日バルカン半島にあがった一発の銃声をきっかけとして、オーストリア、ドイツ、ロシア、フランス、ベルギーと、たちまちのうちに各国が戦いの泥沼に落ちこんでいった。そして、短時日のうちに終りそうなけはいを示さなかった。もちろん、戦火が直接にわが国まで及ぶ心配はなかったが、独英などからの薬品の輸入がとだえるかもしれないと予想されたのだ。

総督府の方針はきまったというものの、すぐ全面的に切り換えたわけではない。官庁として当然のことだ。原料を変更して余分のモルヒネを払い下げるのはいい。だが、星にそれを精製して商品化する力があるかどうかとなると、不明ではないか。途中で投げ出されでもしたら、総督府の体面にかかわる。とりあえず、試験用として星に少量の粗製モルヒネを払い下げ、ようすを見ることになった。

この通知を受け、星は重役会で相談した。意見を求められた常務の安楽《あんらく》栄治は、こう発言した。

「星君。私も各方面の人の話を聞いてまわったが、モルヒネの製造はむずかしい、手を出さないほうが賢明だとの説が多かった。当分は、いまのまま売薬一本で進んだほうがいいように思えるのだが……」

この安楽と星とは、アメリカでの苦学時代からの友人だった。星よりは二歳の年長だが、女性的ともいえるほど温厚で慎重な性格であった。在米邦人のあいだでは出身県にちなんで鹿児島聖人と呼ばれ、多くの人に信用されていた。あとから帰国した安楽を、星はむりやり社に迎えたのである。

星は丸顔だったが、安楽はおもながだった。また、安楽はすでに家庭を持っている。このような外見ばかりでなく、星に欠けている多くの性質をそなえていた。楽天的ですぐに飛躍したがる星にとって最良のパートナーであり、経営事務の面で彼の協力がなかったら、会社もこう順調な発展はしなかったろう。

したがって、星もその言葉を頭から無視するわけにはいかない。といって、ここまで具体的に形づくってきた自己のインスピレーションを、このまま引っこめてあきらめる気にもなれない。

「どうしてもやってみたいんだ」

と星は強く主張した。安楽のほうも星の言いだしたらきかない性格をよく知っており、計画をこの段階まで進めてきた苦心もわかっていた。そこで前から考えていた折衷案を出した。

「しかし、日本最初の試みという冒険に、これまで伸びてきた会社を巻き込むのは心配でならない。万一失敗したら、とりかえしのつかないことになる。そんなにやりたいのならば、別会社を作って、きみ個人の事業としたらどうだろう。その必要資金をこちらから貸すという形式で……」

堅実を信条とする安楽は、なにもかも失う事態になることを恐れていた。しかし、星は言った。

「いや、それではだめなのだ。冒険をくぐり抜けてこそ、新しい世界が開けるのだ。みんなで力をあわせて、それをやりとげてみたい。この実例を社の関係者たちに教える、いいチャンスではないか。それに、成功への自信はある……」

その自信とは、イヒチオールの国産化に成功した体験からきたものだった。もっとも、これは星ひとりのもので、安楽はじめ他の役員や社員たちは持っていなかった。自信という感情を言葉にのせ、他人に伝え、心のなかに植えつけることはできない。星はいささか困った。

やむをえず、手間のかかる、べつな説明をしなければならなかった。欧米人と日本人とのあいだには、意欲や思考の差はあるかもしれないが、能力の点でちがいはないはずだ。われわれにできない理由はない。また、正しい扱い方をすれば、物質はどこの国でも同じ反応を示すものだ。そもそも科学とは……。

会議を開き、星はながながと説明した。話の内容そのものは、とくに心に訴える力をもっていなかったかもしれない。しかし、しゃべり方にあらわれる星の熱意は、列席者の不安を少しずつ消し、気分を引き立たせていった。そして、ついにみんなを同意させる結果にしてしまった。

「どうも、きみにはいつもこの手で負かされてしまうようだな」

と安楽は笑った。だが、なげやりや責任回避の笑いではない。彼がそんな性質の持ち主だったら、とうの昔に星とけんかし、あいそをつかして別れていたはずだった。やるからには全面的に協力しようとの、意思表示の笑いだった。あるいは安楽としては、結局はこうなることを予想していたのかもしれない。しかし慎重な意見を述べておけば、それが星の心のなかにひっかかって、無茶な暴走を防ぐなんらかの役に立つこともあろう。

星からの返事により、やがて台湾専売局から、少量の粗製モルヒネが京橋のビルへ送られてきた。包みをあけてみると、それは黄色っぽくざらざらした感じのもので、ちょうど粟粒《あわつぶ》のような外観をしていた。まわりから眺めていた者はみな、あらためて息をのんだ。これを精製できるかどうかに、会社の運命がかけられている。お手並みを拝見しましょうという、物質の人間への挑戦であり、先進国の日本人への挑戦でもある。

これをむかえうつ態勢も一応はできていた。金を惜しまずに最良の実験用器具をそろえたし、手にはいる限りの文献も外国から取り寄せてあった。

星は「準備はなかば成功なり」とか「ことの成否は終局にあらずして、むしろスタートにあり」とか格言めいた標語を考え出し、好んで口にした。それは社員たちの足並みをそろえるのに役立ったし、自分の気持ちを落ち着かせる効果もあった。結果のみを空想すると、ことがあまりに重大であるため、華やかな栄光と極度の不安とのあいだを、大きく揺れ動くだけにとどまってしまう。そんな精神状態では、うまくゆくべきことでも失敗しかねない。現在の現実問題にこそ、心を集中しなければならない時なのだ。

星は薬剤師数名と工員数名から編成した研究班を作り、大崎の工場内でとりかからせた。自分は毎日京橋から出かけて督励し、朝晩には電話で連絡をとらせた。

しかし、どうも進行が思わしくない。予期していなかった障害についての報告が来る。

たとえば、不純物除去のためには活性炭素が必要なのだが、国産のは吸着の効力が弱く、うまく能率があがらない。また、文献どおりにいかない場合があっても、質問しにゆく先がない。そのほかやっかいなことが続出し、進みかたはおそく、この調子だと半年はかかりそうな計算だった。

だからといって、注意ぶかくゆうゆうとしていることも許されない。台湾専売局からは、結果はどうだ、見込みは立ったか、やる気があるかどうか早く知らせろと、一週間おきぐらいにせかされる。

専売局が状況を知りたがるのもむりはなかった。局の技術部では、ペルシャ産やトルコ産の阿片を原料として、従来のインド産を使用したものと味も外観も差のない煙《えん》膏《こう》を作るための研究を開始している。また、原料を切り換え、余分のモルヒネを抽出する工程を、いつから軌道に乗せるかの予定も立てなければならない。それに、星がやりそこなったら、ここまでことを運んだ関係者たちは、責任をとらなければならない。

板ばさみになった星は、ついに自分で鞭《むち》を振ることにした。京橋のビルの一室をあけ、そこに器材を移して研究室とし、直接に監督したのだった。ほとんど連日、そこに宿泊することとなった。しかし、星にとっては、さほど苦痛ではなかった。肉体の酷使にはなれているし、家はただの眠るための場所だ。それに自分の運命がかかっている問題であり、自宅に帰るとかえって不安になってしまう。ここにいれば、少しの進展でもすぐ安堵《あんど》につながる。彼は三度の食事も、みなとともにここでとった。

しかし、家庭を持つ研究員たちの場合は、逆に一段と努力をしいられる状態となった。社長を残して家に帰り、休養をとるのは遠慮しなければならないのだ。軟禁されてしまったようでもあり、完成までは釈放されない刑のようでもあった。

もっとも、彼らにとって、ここへ移って気楽になった点もあった。工場での研究室の時には、みなの期待と全責任が自分の肩に重くのしかかっているようだった。過度の緊張のため、頭も手もふるえがちになる。社長にせかされたりすると、進みかたのおそい弁解のために、資材や文献などにかこつけた口実をもうけたくもなる。だが、社長がそばにいて総指揮者となってくれると、この種の苦痛からは解放されるのだ。

新しいビルのこの一室は、たちまち薬品で汚れほうだいになった。時たま、原料モルヒネから出る甘いにおいが廊下へ流れ、事情を知らぬ来客の鼻を不審がらせた。しかし、においとは逆の緊張した空気が、室内には一刻もゆるむことなく凍りついていた。

星は研究室と社長室のあいだを往復した。地方からあいさつに上京した薬店主などは、星に会って首をかしげた。近代的な立派なビルに驚き、社長室に案内されたはいいが、妙なにおいのする、しみのついた白衣の男が出てくると、これが本人なのかと疑ってしまうのだった。

研究には二つの方向から重みがかかっていた。精製法の確立と、その期間の短縮である。机にもたれてのうたた寝の夢から、改良のヒントをえた者もあった。はたして夢だったのか、頭の芯《しん》がさめていて考えついたことなのか、そばの人の話し声が組み合わさってまとまったのか、そのへんの判断はつけかねた。しかし、一歩でも進めば、それはみなの喜びとなった。

星の発想は天来の啓示によるものではなく、自己の知識と体験を自分の判断でまとめあげただけのことである。しかし、他人の目には意表をつくアイデアとうつり、天才的な人物と見えたかもしれない。分類すれば天才のほうに入れざるをえない。それと同時に、星はどちらかというと不器用なたちだった。飛躍と不器用、この相反する異質なものどうしを結びつけるとなると、悲しくなるほどの多量のエネルギーを注ぎこまなければならなくなる。宿命的に努力家とならざるをえなかったのだ。

在学時代に、統計学の試験で、ある計算の個所にぶつかった。対数表を使えば簡単にすむことなのだが、星はそれに気づかなかったため、用紙と時間の許すかぎり、それをまともに計算した。もちろん途中で計算ちがいが発生し、正解とは遠い答となった。しかし、教授はその用紙を見て、同情心から合格点をつけてくれた。あるいは同情ではなく、平常における星の着想のよさと、この不器用な熱中との関連にとまどった結果かもしれなかった。

いまのモルヒネ精製の研究では、この同情を期待するわけにはいかなかった。だが、そのかわり薬剤師たちがいた。方角ちがいのまちがいをすることはない。

スピードアップのため、星は一日の研究時間を倍に伸長させていた。そして、その計算はほぼ的中した。

かくして、半年という当初の見通しのほぼ半分、七十五日目に最後の工程が終了した。

「これで出来あがりだ」

薬剤師のひとりが低い声で言った。歓声のわきあがる劇的な光景とは遠かった。心血をそそいだ大仕事の幕切れは静かなものであり、笑い声をあげて踊る気力も残らないほど疲れていた。

みなは顔を見あわせるだけだった。ひげはのびており、白衣は薬品でしみだらけになっている。壁はメモ代りの書き込みでうまっていた。

中央の机の上には、ガラスの容器に入れられた、市場に出しうる純度のモルヒネ結晶がのっている。白く美しく輝いていた。量はわずか一ポンド、約四五〇グラムにすぎない。しかし、日本における最初のモルヒネであり、最初のアルカロイドであることはまちがいなかった。

だれかが知らせたため、ビルのなかに完成の話が伝わっていった。それを聞き、社員たちが先を争ってのぞきにきた。社の大問題が片づいたことを自分の目で確認したいのだった。そして、おたがいに指さしあい、喜びの声をかわしあい、研究員にねぎらいの言葉をかけた。やっと、お祝いの感情が、部屋のなかでにぎやかに高まりはじめた……。

研究員たちには、数日の休暇と賞与とが与えられた。しかし、星は休むことなく、翌日から平常のように仕事をした。いや、平常以上ともいえた。モルヒネのためにおろそかになっていた決裁事項がたまっていたのだ。その書類のなかには、例によって台湾専売局からの手紙もまざっていた。結果はどうだ、本当にやる気があるのなら、早くつぎの払い下げを受けてくれ、との内容である。

常務の安楽も成功を祝う言葉をのべにきた。

「やはり、やりとげたな。無条件で敬服する。おめでとう。画期的な業績だ」

「ありがとう。しかし、喜んでいるひまはない。問題はこれからだよ」

「そのことについてなのだが……」

安楽は気がかりな声を出し、持ってきた書類を机の上にのせた。星は聞いた。

「なにかおこったのか」

「いや、原価計算をやってみたのだ。大ざっぱなものだが、研究室でやった製法をもとにすると、どうしても一ポンド当り千円以上になるようだ。いっぽう市場における相場のほうは九十五円から百円のあいだで、これではとてもひきあわない。利益をあげるどころか、作れば作るほど損をしてしまうことになる」

「やらないほうがいいというのか」

「そうじゃない。製造するのはいいが、ひとまず生産量は月に数十グラム程度にとどめておいて、宣伝材料として利用したほうがいいんじゃないだろうか。先駆者であることと技術陣の優秀さを示すのには絶好の話題で、その効果は原価以上に大きい。大量生産のほうは時をかけて検討し、採算のとれることがはっきりするまで待つのが安全だと思うが……」

安楽は星の意欲に水をかけたがっていたわけではない。彼は社内や株主たちの意見を星に伝える立場にあった。星に直接に言いたくても、どなられたり雄弁にまくしたてられるのは苦手だと思っている者もある。彼らはそのやっかいな役目を、人のいい安楽に押しつけてしまう。

また、この時は安楽自身も、できうればブレーキをかけたほうがよさそうだと判断していた。それを承知させるには、星の急所である数字で押すに限ることも知っていた。星が好んで引用する「数字はうそをつかない」という言葉を逆に利用して思いとどまらせようとしたのだった。彼は原価計算をやった紙の上を、指先でつぎつぎに押えた。この計算方法は、アメリカの大学で受けた講義にあったはずだ。

しかし、星は首を振って言った。

「ここで中止したら、なんにもならない。いままでの不眠不休の努力が水の泡《あわ》となり、意味をなさなくなってしまう。こんどは五ポンドを目標にしてとりかかろう。台湾の専売局にそのぶんの代金を送り、粗製モルヒネを引き取る手配をしてくれ。むこうでも待っているらしいから」

それを聞いて、安楽は星の顔をのぞきこんだ。

「五ポンドとか言ったな。それはなにかの冗談なのか。そうじゃないとしたら、頭が疲れているのだろうな。きっと睡眠不足がつづき、成功の興奮が重なったせいだろう」

「気はたしかだ。あんな程度で疲れはしない。だからこそ、五ポンドの計画にすぐとりかかろうというのだ」

「しかし、原価のほうは……」

「きみの計算がまちがいだったと言っているのではない。これは統計学の分野にも関連のあることだが……」

と星は自分の専攻したホーム・グラウンドに引き込み、またながながと論じはじめた。自分がじかに見てまわった、アメリカ各地の工場のことを例にあげて話した。そこでは大量生産によって、公式以上の原価の引下げがなされていた。問題は勇気を出してやってみるかどうかであり、これは要するに……。

ほっておくと、科学的思考についてとか、歴史上の人物の逸話についてとか、話題ははてしなく展開してゆきそうだった。安楽は手のひらを星にむけ、うなずいた。今度もまた同意せざるをえないようだ。それならば、演説をこれ以上聞かないほうがいい。聞いてしまうと、他の者にもいちいちそれを伝えて解説しなければならなくなる。

そのようなきちょうめんな性格が、安楽にあった。

五ポンドを目標に研究室が再開された。前回は闇《やみ》のなかを手さぐりで進む感じだったが、今回はいちおう道がついている。さきの体験をもとに、近道をみつければいい。所要日数は短くなり、失敗によるむだはへり、終ってから計算してみると、一ポンドが六百五十円と大はばに下っていた。

それに力づけられ、つぎは十ポンドを目標にとりかかり、三百円に下げることができた。さらに回を重ねるにつれ、百円の相場の線へと近づいていった。しかし、原価は低下しつつあるとはいえ、赤字は赤字だった。研究につぎこんだ費用などで、五万円の出費がかさんだ。これは会社の運営に支障をきたしかねない金額だった。

一方、資金はさらに必要となってきた。台湾専売局は星の引取る量が増加した点から、万事が好調らしいと判断した。原料阿片《あへん》を全面的に切り換えるから、もっと大量に払い下げを受入れるようにと言ってきたのだ。これは現金で決済しなければならない。それればかりか、その精製のために設備をととのえなければならない。

ここに至っては安楽も覚悟をきめ、金策のために熱心に奔走した。星の話にはどことなく警戒心を抱きかねない金融機関の関係者も、誠実そのものの安楽の口調は信用した。彼はていさいよく作りあげた原価計算の表を前に、いかにモルヒネ製造が有望な産業であるかを、つじつまをあわせて説明した。彼の性格としては最もやりにくい仕事で、いつ変に思われるかと、気が気でなかった。しかし、その心配は取越し苦労といえた。日本でモルヒネの製造原価を知っている者は、ほかに存在しなかったのだ。

大正四年の四月、台湾専売局は星に対し、正式に払い下げ命令書を出した。民間でいえば契約書にあたるもので、これで粗製モルヒネの払い下げを一手に受ける事業が、形の上で成立した。

払い下げの条件というわけではなかったが、台湾専売局から、モルヒネ精製の工場は台北《タイペイ》に造ってほしいとの希望があった。現地産業の育成のためである。星もそれに従うことにした。工場をたて、ボイラーを東京から輸送し、技師を派遣し、現地で人員を募集し、製造にとりかかった。しかし、ここにも思いがけない出費が待っていた。

モルヒネの精製にはアルコールを大量に必要とする。また結晶化の工程では冷却を加えなければならない。それなのに台湾の気温は高く、アルコールは蒸発してロスが多く、冷却のための動力はむやみとかさむのだった。

それだけならまだしも、取締りの責任まで加わった。阿片吸飲の習慣の残っている地方である。現地の者を工場で使うと、いつ持ち出されるか油断ができない。少量でも高価な物質であり、溶液を手ぬぐいや紙にしませて持ち出そうとする頭のいい者まで出た。この監視には大変な注意力を要する。内地では予想もしなかった事態に直面したのだ。

また、台北では技術面の改良も、いちいち東京と連絡しなければならない。設備の改善も東京から取り寄せることになる。すべてに日時がかかり、このままだと底なしの欠損の泥沼に沈んでしまいそうだった。

星は専売局に出かけて説明し、東京移転を嘆願した。局のほうも、その事実を目の前で見せられては同情せざるをえず、申し出を承認してくれた。そして、工場設備はふたたび東京へと移され、やっとこの件に終止符がうたれた。だが、ここに至るまでに膨大な負債ができ、もうひとつなにか障害が加わっていたら、むなしく崩れさっていたかもしれない。

しかし、大量生産が軌道に乗るにつれ、原価は下降をつづけていった。一方、欧州大戦の影響で製品の相場は上昇してくれた。収量も品質も高まり、国内市場で輸入品にかわってその席を奪った。ほかに競争者はなく、売薬とちがって宣伝費を使わなくても売れる品目である。危機寸前まで至った赤字は、ひき潮のごとく消えていった。

売薬の営業のほうは以前から着実に売上げ増加を示していたし、モルヒネの成功の実績で人気が高まり、増資で金を集めるのも容易になった。工場はつぎつぎと拡張され、本社のほうも隣接の土地を買収し、ビルを増築することになった。

星はそのビルを七階建てにしたいと主張した。当時としては途方もない構想だったが、だれも反対しなかった。協力によって難局を乗り切ったことで、みなの表情は自信にみちていたし、また、資金面でもそれくらいの余裕はできつつあった。

春を迎えた草や、上昇気流に乗った鳥のように、すべては順調の一語につきた。暗いかげはなにひとつ見当らない。あまりに順調すぎるともいえるのだった。

4

大正五年の春。欧州での戦乱は依然としてつづき、各国は血なまぐさい争いに熱狂し、どこまで拡大するのか、だれにも見当がつかなかった。しかし、それは海や広い大陸をへだてた遠い国々のことであり、銃火の響きも、硝煙のにおいも、恐ろしい新兵器である毒ガスも、日本にはなにひとつ伝わってこない。人びとにとっては、お寺の地獄絵についての物語りを聞くようなものであった。

日本もドイツに宣戦し、南の島々を占領したが、なんの抵抗も受けず、お祭りさわぎと大差なかった。わが国では、ただおだやかな暖かい春の風が吹いていた。そして、それは例年よりも肌《はだ》にこころよい風だった。大戦による好況がはじまっていたのである。

実業家のよく集る銀座の交詢社《こうじゅんしゃ》のなかでは、とくにいちじるしい。だれもがにこやかな顔をしていた。

「いかがです、おたくの景気は」

「まあなんとか、といったところでしょうな」

「おかくしになることはないでしょう。だいぶ派手にお遊びになっておいでとのうわさではありませんか」

「おたがいに、こんな時世がいつまでもつづくと助かりますな」

なにげなくかわすあいさつの会話も、調子がよくたわいなかった。服装のあちこちで、金製品がきらきら光っている。

星もここの会員になっていた。料亭でのだらだらした会合をあまり好まないため、招待や宴会の必要に迫られると、ここの食堂を利用してそれにかえていた。

ある日、星は交詢社で、やはり会員である野間五造に声をかけられた。

「星君、ますます好調のようだね」

「ああ、悪くはない。しかし、景気は支配すべきものであって、景気に支配されてはならないというのが、ぼくの信条だ。そもそも、景気とは人間が作り出した現象ではないか。それに人間が支配され、喜んでいるというのは、理屈にあわないことだ。戦争があろうがなかろうが、頭脳と努力さえあれば、発展への道は……」

　星はしゃべりはじめた。タバコを吸わないため歯が白く、童顔とあいまって活発な印象を他人に与える。さらに、しゃべりながら表情のある両手を大げさに動かして、言葉の意味を補足しようとする。アメリカの生活で身についた動作だが、その癖になれない相手は、口をはさむきっかけを見いだすのに苦労する。とくに、重大な相談を持ちかけようとする者は、目の前がちらちらして、切り出しにくい。野間はなんとかさえぎり、まじめな口調で言った。

「まあまあ、その点はよくわかっている。あらためてくわしく拝聴してもいい。しかし、きょうのところは、ぼくの話をちょっと聞いてもらいたいのだ。交詢社の会員たちに説明してまわっている主張なのだ」

「なにか重大なことのようだな」

「その通りだよ。たしかに、だれも景気がいい。この調子のつづくことを祈っている者が多いだろう。しかし、これに酔っていい気になっていると、憂《うれ》うべきことになりかねないと心配しているのだ」

「ということは……」

「輸出が伸びて金が入りつづけている。これはけっこうなことなのだが、その金でいつまでも輸入品が買えるとは限らない。全力をあげて戦争している国は、日本に品物を渡すどころではないだろう。こうなると、わが国の産業はアンバランスだから、大金を抱えての欠乏状態という、おかしなことになりかねない。そこで、一刻も早く政府に働きかけ……」

と野間は説明した。これまで輸入にたよっていた品、とくに化学工業など、おくれている分野の産業振興を促進すべきであるというのである。もとより、星も異議はなかった。自分でも国産化をめざしてつとめてきたのだ。

「大いに賛成だ。産業の振興は、戦争に関係なく必要なことだ。それなのに、政府は長期計画をたてるわけでもなく、産業を育てる予算さえ用意しようとしない。もっとも、ひとつだけ妙なことがなされたな。少し前に開催された、ごちそう大会のことだよ。政府は各県の知事に命じて、地方の有力な実業家を東京に集めた」

「そういえば、そんなことがあったな」

「そこまではいいのだが、内容がなにもなかった。山海の珍味をそろえた宴会をやり、大臣が演説して、それでおしまいだった。招待されて上京した連中はいい気分になり、大臣も得意になったわけだが、なんの役にも立っていない。こんなことよりも、もっと効果的な、現実に即応した政策を実行してもらいたいものだ」

かくして、賛同する者が十数人あつまり、交詢社内に化学工業研究会というグループができた。具体的な案を作り、それを示して政府に働きかけようというのである。座長には台湾製糖の藤山雷太がなり、その指名で最も若い星が幹事役とされ、連絡や資料の収集を受持った。各国の薬品の消費量、欧米での産業振興の実例などを調べるのに奔走した。

また、星は会員をふやすべく、室町の三原製薬株式会社へ、三原作太郎を訪れることにした。三原は明治三十二年に横浜に三原商店を作って以来、輸入薬品の販売によって営業をひろげてきた、商才にたけた人物だった。内務省衛生局の役人であった者を支配人に迎え、その官庁内への顔を最大限に利用し、各種の便宜を得たりしていた。このようなやり方を、星はあまり好まなかった。

しかし、大局的な問題となると、小さな感情にこだわってはならない。産業界のためには力をあわせるべきだろう。こう考えながら三原を訪れたのだが、不在とのことで面会はできなかった。

やむをえず、三原製薬の吉田重役に会い、会合の目的と今までの経過とを伝え、三原社長の出席を依頼して引きあげなければならなかった。星はさらに、その他の製薬会社をもまわり、出席を勧誘してまわった。趣旨に賛成してくれる者もあったが、あまり気乗りのしない表情の者が多かった。古くからの家業を守る保守的な人が多く、政府とかかわりあうことに関心がなく、どんないいことがあるのか理解しにくかったのだ。あるいは、新興の星の意見に従わされるのに反発したかったのかもしれなかった。

それでも、会のメンバーはふえ、会合も重ねられた。しかし、三原社長は一回も顔を出すことなく、代理として吉田重役がひとり出席し、なんの意見も発言することなく、毎回ただ熱心にメモを取りつづけていた。人さまざまというが、どういうつもりなのだろうと、星は彼を眺めてふしぎがった。

研究会では提案と検討がくりかえされ、前進がみられ、やがて具体的な意見書をまとめることができた。各人はそれぞれの印刷物を持ち、縁故をたどって政府に説明し、各派の議員に運動し、実現させるべく努めた。

それが実を結び、年末に開催された議会に政府は「製薬および化学工業薬品の奨励法」という法案を提出し、可決された。製薬関係は内務省を通じ、肥料や染料などの化学品は農商務省を通じ、政府が補助金を支出して製造を奨励しようというのである。

これにともなう予算も議会を通過した。

交詢社の研究会関係者は喜びあった。自分たちで立案し、運動したかいがあったという満足感だった。政府がやっと腰をあげ、本気で産業を応援しはじめることになったのだ。政府を見なおし、将来への希望が高まる思いでもあった。しかし、これで自分たちにもなにがしかの役割と利益がまわってくるだろうという、きわめて現実的な期待も各人の心の底にはひそんでいた。

ところが、いざ幕があがり詳細が判明してみると、だれひとり想像すらしていなかった、えたいのしれないものが舞台上におさまっていた。

国内製薬という資本金百万円の株式会社が、そこに出現していた。いつのまにできたのか、だれも知らなかった。設立について、交詢社関係の者にも、製薬の同業者の方面にも、通知や相談がまったくなかった。また、資本金の株式の公募もおこなわれなかった。

この国内製薬が政府の支出する補助金を一手に受け、薬品の製造をするというのである。なにもかも幕のかなたで、秘密のうちにことが進行し、実体となっていたのだった。

国内製薬の役員や幹部も、すでに決定してしまっていた。三原作太郎の知人、三原製薬とつながりのある学者、内務省の官吏の古手ばかりが、ずらりとその席を占めている。

さらに、この会社に対する補助金を、政府が支出する方法も妙なものだった。まず、国内製薬が仕事をして欠損を出したら、それを埋めることに使用する。つぎに、資産の償却と積立金にあてる。第三に、資本金に対して年八分の利益配当を保障するために使われるのである。会社がいいかげんな運営をして赤字を出そうが、なにもせず遊んでいようが、資本金には年に八分の配当が必ずつくのであり、将来にわたってこれがつづけられる。産業奨励というより、資本擁護と呼ぶべきだった。政府の製薬業界への恩恵は、国内製薬がこのようなしかけで独占することになった。なにが恩恵なのかわからない形で……。

交詢社では当然これが話題となった。かつての甘い期待は裏切られ、逆の苦い失望感だけが残った。失望というより、あまりのことに呆然《ぼうぜん》としてしまう。それぞれの者は感想をもらした。

「ぼくは外国の事情にはいくらかくわしいつもりだが、こんな前例はどこにもない。だれが考えついたことなのだろうか」

「三原君にきまっている。自分の名前は出していないが、役員のメンバーを見ればわかる。代理として会に出席していた重役の報告をもとに、策を立てたわけだろう。うまく出し抜かれてしまったな」

「ああ、こうまで鮮やかにやられるとは思わなかった。まったく独創的で、二の句がつげないほどだ」

「とんでもない。なにが鮮やかなものか。あまりに泥くさくて見えすいているよ。官吏の古手が加わっているからこそ、こうなったのだろう」

みなが不平を言うなかで、幹事役としての責任から、星は言った。

「これはきっと、内務省がわれわれの意見や主張をよくのみこめず、なにか誤解しているのでしょう。これから出かけ、ていねいに説明して教えてきましょう」

「やめておけよ、星君。これは誤解なんかじゃない。こうなってしまっては、取消しも訂正もできるものではない。おとなしくあきらめたほうが利口というものだよ」

多くの実業家はあきらめがよかった。世の中が不況の時ならことはべつで、怒りを感じてさわぎたてたかもしれない。しかし、いまはみな景気がよく、気分は大きかった。甘い汁にありつけなかったが、べつに損害をこうむったわけではない。官庁を相手に変なことでむだな争いをしているより、自分の仕事に熱を入れ、かせぐことに力を集中したほうが賢明といえる。

「しかし、国民のために存在する官庁が、こんなことでは……」

と星は意気ごんだが、多くの者は消極的だった。

「そんなに行きたいのなら、行ってみたらいい。しかし、ここはアメリカでないことを知らされるのがおちだろうな」

こうなだめられはしたが、星は内務省へ出かけた。衛生局長に面会し、すぐに説明をはじめた。

「きょううかがったのは、補助金を私のほうにも回していただきたいといった陳情のためではありません。しかし、発表されたような方法では、私の考えによりますと、あまり効果もあがらず、奨励の目的も達せられないのではないかと……」

産業振興のために、政府が多額の金を支出して応援するのはいいことである。しかし、特殊会社を作るのなら、民間で持てあましているような業種に限るべきではないか。

国内製薬のような会社が出現すると、補助金もなにも受けない他の既存業者は、公正な競争ができなくなってしまう。現存の製薬業者は、いずれもそれぞれ独自の苦心を重ねて、自己の力でここまでやってきた。それが税金ででき税金で保障された会社によって圧迫されるのは、好ましくない。

星はこの点を強調した。自分の社を心配しての発言ではない。化学工業研究会への参加を呼びかけ、勧誘してまわった業者たちのことを考えたのだ。国内製薬のために商売を荒らされ、損害をこうむる者が出たら、自分としても困った立場になってしまう。

また、星は持参した書類をひろげ、補助金を出すのならもっと効果的な方法があると説明した。とくに重要な品目を政府が指定し、各社の製造量や輸出量に応じて補助金を与えればいい。そうすれば、各社の競争心が刺激され、補助金の獲得のために指定品目の生産は急速に高まるにちがいない。議会で承認された補助金の予算は年間四十万円だが、実質的に数百万円の価値を発揮することにもなる……。

熱心にながながと話す星の話を聞いているのか、聞いていないのか、局長はだまったままだった。しかし、やがて無表情な顔で答えた。

「この問題はすでに当局が決定してしまったことで、いまさら変更はできない。補助金を出す会社を、なぜ一社に限ったかというと、そのほうが監督しやすいからだ。たしかに、各社の生産量に応じて配分する支出法もあるかもしれないが、その査定をやるとなると、当局として大変な労力ではないか」

星はその場合における簡便な査定法の案を説明しかけたが、それはほどほどにし、書類をまとめて引きあげた。考え方においてあまりに差異がありすぎることを知り、これ以上の議論をつづける気がしなくなってきたのだ。議論のずれだけなら、時間をかけて話しあえば調整もできようが、相手が耳を傾けようとしないのだから、一致する時は来そうにない。

会社にもどり、星は重役の安楽にあらましを話した。

「……といったしだいで、話にもなにもならなかった。ひどいものだ。役所の連中はどういう考えでいるのだろうか」

安楽はそれには答えず、星の顔を見つめながら聞いた。

「局長にむかってどなったのか」

「おぼえていないな。説明の途中で内容を強調するために、声を強めたことがあったかもしれない。しかし、声の大きいのはうまれつきだから、しかたがないだろう」

「どうやら、どなったらしいな。役所でどなっていなかったら、気分を発散させるために、いまここでどなるところだろう」

「大きな声はいけないかな」

「社内ならいいが、役所でそんなことはしないほうがいい。あとで、どんな形ではねかえってくるかわからない」

安楽はいやな予感に襲われたような口調だったが、星は快活に言った。

「まあ、補助金問題は、これで忘れよう。われわれは独力でモルヒネに成功し、危機を乗り切って進んできた。政府からなまじっかな補助金など、もらわないほうがいい。不平や依頼心は精神的な自殺のようなものだ。妨害さえなければ、これからも無限に発展しつづけてみせる……」

そして、すぐにさっぱりした表情に戻った。

交詢社内の化学工業研究会のグループは、気が抜けたように自然に解消してしまった。

一方、この国内製薬のほうは、おおっぴらに形容しがたい足どりで歩き出した。受ける補助金も最初は年に四十万円だったが、のちには七十万円にも増額された。また、普通の会社ではなかなかとりにくい各種薬品の製造認可も、優先的に三一一種も獲得するというありさまだった。監督官庁の直営する営利会社というべき存在のため、このたぐいのことは思いのままといえた。

しかし、星の心配していたような形での、民間会社の圧迫はおこらなかった。なぜなら、工場設備はととのえたが、防腐剤のサリチル酸の国産化をやった程度で、とくにこれといった新しい仕事はしなかったのだ。関係者としても、のんびりしていて金が入ってくるのだから、積極的になにかをやる気にもなれなかったのだろう。役所づとめのようなものなのだ。そのうち、どんな目的でこの会社ができたのかも、いつのまにか忘れ去られてゆくのだった。

だが、安楽が予感した不安のほうは、しだいに形をとりはじめていった。国内製薬は星の仕事を妨害し、星の会社の敵となるためだけに、ひたすら成長をつづけた。

七年にわたって補助金を受けつづけ、さらに二百万円という巨額の低利資金を政府から借り出し、ととのえた工業設備とともに、三原製薬に吸収合併されるのである。

このえたいのしれない怪物の誕生に、星は交詢社の関係者の先頭に立って、皮肉にも大まじめで産婆《さんば》役をつとめてしまったことになるのだった。

5

モルヒネの成功で自信をかため、気をよくした星は、かねてからの方針にもとづき、すべてのアルカロイドを手がけようと仕事を進めた。つぎの目標としては、眼科や歯科などで局所麻酔に使われているコカインを選んだ。

大正六年、星はやはりアメリカ以来の友人である日本貿易の神谷社長をたずねて依頼した。

「きみの社は、南米との貿易を主な仕事としていたな。どうだろう。コカの葉を一キロほど取り寄せてもらえないだろうか。試験的にコカインの抽出と精製をやってみたいのだが」

コカ樹は南米のペルーからボリビアにかけて生育している植物で、むかしから原住民たちはその葉をかんで疲労を押えたり、宗教上の儀式に用いたりしていた。その薬理作用のためである。有効成分を結晶させたのがコカインであり、小規模な手術に利用される。

「いいとも。お安いご用だ。しかし……」

と神谷は承知しかけてから、なにかを思い出したらしく首を傾けた。星は気になって聞いた。

「なにか面倒な問題でもあるのか」

「いや、輸入するのはここの商売で、簡単なことだ。じつは、数カ月前のことだが、日本に買い手はないだろうかとペルーから見本としてコカの葉を送ってきた」

「そんなことがあったのか。で、どうしたのだ」

「そこで三原製薬に持っていったのだが、そのご、追加の注文をくれない。どんなようすかと聞いてみると、精製が困難で割があわないと、さじを投げてしまったそうだ。コカインはよほどの難物らしいぞ。やめたほうがいいのではないかな。こっちは商売になればいいのだが、みすみすきみに損をさせるわけにはいかない。それで事情を打ちあけたしだいだ」

星は冒険はよせと言われて反発した。また、三原という名を聞いて対抗心をかきたてられた。

「忠告はありがたいが、ぜひやってみたいのだ。一キロほど至急に取り寄せてもらいたい」

「あい変らず強情だな」

「かならずものにしてみせるよ。一刻も早くたのむ。電報代はいくらかかってもいい」

そして、ばかばかしいほどの電報代が費された。品物は一キロという少量であり、電報代のほうが代金より高かった。現地の商社はふしぎがり「こんな非常識な取引きはない。おそらく、百キロの誤りにちがいない」と判断した。その確認のための返電がもたらされ、こちらからは誤りでないとの電報を出し、料金はかさむ一方だった。

かくしてコカインの原料を入手し、容易ではなかったが、その精製法をも確立した。なお、コカインの場合は、阿片《あへん》専売法のような原料入手への制約はなかった。もっとも、コカインの需要はモルヒネほどではない。

星は製品を実際に使ってもらうべく、東京帝大医学部の青山内科へと持参した。しかし、青山胤通《たねみち》博士は日本での製造は不可能だと、話を信用してくれない。衛生試験所から証明書を発行してもらって、やっと認められた。

コカインの部門は拡張され、やがては日本貿易を通じて定期的に原料を輸入し、国内需要で外国品の地位を奪っていった。


一方、これと並行して、キニーネの精製の研究をもはじめ、それにも成功した。これはキナの樹皮に含まれているアルカロイドで、解熱《げねつ》作用があり、マラリアの特効薬として知られている。もしこれが発見されていなかったら、ヨーロッパの各国はマラリアの前に敗退し、熱帯地方に植民地を築けなかったろうといわれている。

キナもまた南米が原産であったが、そのごオランダ政府が自国の植民地であるジャワ島に移植し、世界需要の全部をまかなう産業に育てあげていた。

大正六年の夏、在ジャワの松本領事から、内務省へ左のごとき内容の報告が電報でもたらされた。

〈キナに関しては英米仏伊の四国が購入連盟を作り、オランダはそれ以外の国には売らないことにしている。しかし現在、欧州の戦争による船舶の不足で、輸送ができなくなった。ジャワのキナ栽培業者は滞貨をかかえて困っている。いま申し出れば、日本にもこれに割り込める可能性がある。この機会をのがさず、輸入してみようという業者はないだろうか〉

内務大臣は、星がモルヒネ、コカインにつづいてキニーネ精製に成功していることを耳にしており、衛生局長の杉山四五郎に命じて星に伝えさせた。

杉山局長としては、星に任せるのは内心あまり気が進まなかった。ほかの業者のように頭を下げてくる従順な相手ならいいのだが、なにかというと乗り込んできて、対等のような顔で議論を展開する。面白くないことだが、大臣の指示でもあり、国家の利益という名分には逆らえない。

また、精製に成功しているのが星だけというのも現実であり、他の製薬会社にまわすこともできない。局長は星に伝えた。心のなかでは星がみじめな失敗をすることを予想し、ひそかに楽しい期待をかけていたのかもしれない。

しかし、星はチャンスにめぐりあえた幸運を喜び、勇躍し、松本領事を通じて輸入の交渉を開始した。だが、取引条件が明らかになるにつれ、喜んでばかりいられないことがわかってきた。へたをしたら、みじめな失敗どころか、命取りになりかねない。五カ年間の契約を結ぶよう要求された。途中で引取りを中止できないのである。その保証として、最初に三カ年分の信用状も出さなければならない。さらに、契約と同時に、とりあえずジャワに滞貨している三百トンのキナ皮を一時に引取れとの条件もつき、なかなかきびしかった。

オランダとしては、新しく取引き先に加えてやるのだとの恩恵的な気分を持っている。また、商売をするからには、一時的でなく永続的であってほしい。その意欲と裏付けを求め、条件をゆずろうとしない。

これに対し、受入れる側の星も意欲の点ではさかんだったが、絶対に大量生産をこなせるという確証は持っていないのだった。試験的に成功しているにすぎない。

といって、あとにはひけなかった。アルカロイドで世界の水準に追いつき、それを抜くためには、この難関でしりごみしてはいられない。外務省の応援で契約は成立し、台湾銀行の理解と同情とで信用状も出すことができた。また、不足をきわめている船舶の手配がつき、原料のキナ皮が大量に到着した。それは急造の倉庫におさめられ、急造の工場で生産が開始された。しかし、心配したほどのこともなく、純度の高いキニーネが順調に商品化されていった。

この契約ができるとまもなく、キナ購入連盟の幹事国である英国から、外務省へ連絡があった。

〈オランダの提案による日本の連盟への加入を承認する。ついては、法令をもって貴国における一手輸入業者を定め、年間の所要量を知らせてもらいたい〉

無統制に扱われると価格が乱れ、栽培するオランダも輸入する連盟国も困る。その防止のためである。

外務省はこの件を所管官庁である内務省に移し、内務省は衛生局の意見にもとづいて省令を出した。キニーネ原料を自由に輸入することを禁じ、特許制にあらため、それを扱うことのできる会社を指定した。しかし、その指定を受けたのは星の会社ではなく、三井物産だったのである。

この情報をいち早く知ったある人が、親切に星へ知らせてくれた。とても信じられない話だったが、べつな方面からもそのうわさが流れてきた。

星は、衛生局にかけつけ、聞いてみた。

「三井物産を指定なさったというのは、本当でしょうか」

「ああ、その通りだ」

その答を聞き、星はかつての安楽の注意も忘れて、身を乗り出して抗議をした。忘れていなかったとしても、あまりに理屈の通らない場面にあっては、声もしぜんに大きくなる。

「私はご存知のように、ジャワと五カ年の長期契約を結び、会社の存在を賭《と》していい結果をあげようと努めています。国家の名誉にもかかわる、真剣な仕事です。そもそもは、この衛生局からのお話ではじまったことではありませんか。それなのに、ひとことの相談もなく、関係のない貿易会社をあいだに割り込ませ、手数料を払わせるとは、どういうことなのでしょう。衛生局はわが国の製薬事業を振興なさるおつもりなのか、圧迫なさるおつもりなのか、わけがわかりません」

しかし、杉山衛生局長も、野田医務課長も、うるさそうな表情でかわるがわる答えた。

「あなたの会社は生産会社だから、なれない貿易のことは、本職にまかせたほうがいいではないか」

星にとって満足できないものだった。

「三井物産が交渉から信用状や輸送まで、すべてをやってくれたのでしたら、私も承服します。理由をお教え願います」

「当局において考慮したうえ、権限によって決定したことだ。それに、この件はすでに英国政府に回答ずみとなっているから、いまさら変更のしようがない。あとを追うようにすぐ訂正の書類を渡したりしたら、それこそ国の恥になるではないか」

冷たい返事で、星がいかに訴えても、殻にとじこもったように受け付けない。べつに三井物産を指定する理由など、ないのだ。星以外の社であれば、どこでもいいのだった。

星は不快の念とともに内務省を出た。しかし、あきらめたのではなかった。あくまで努力はしてみなければならない。なにか便法が残されていないかを聞くために、その足で外務省の通商局を訪れた。そのかいはあった。回答の文書はまだ外務省にあり、英国大使館に渡されていなかった。

「その回答は、しばらくのあいだ、待っていただけませんか……」

と星はいきさつを説明した。係の者は同情的に答えてくれた。

「数日ぐらいなら、待ってあげないことはない。しかし、内容の変更となると、ここの権限ではない。内務省の了解がなければどうしようもない」

星はすぐに内務省の衛生局に戻り、いまの話を伝え、善処を望んだ。しかし、もはや決定事項であり、外務省からの公式の要求でもない限り、訂正はできないという。星は二つの官庁のあいだを往復し、多くの人にむかって、同じような説明の言葉を何度となくくりかえした。しかし、疲れを感じるどころではなかった。このような前例を作らせてはならない。

やっと、まず外務省側が理解してくれた。ジャワとの契約に至る事情を知っていたため、星の要求の無理でない点をみとめた。外務大臣から内務省の大臣と次官に伝えられ、衛生局のやりかたに不備があり、訂正すべきだということになった。

英国政府への回答文は、星の作った草案にもとづいて、外務省通商局が形をととのえたものが採用され、それを内務省が承認するという結果になった。

あるべき姿に戻されたわけで、外務省をはじめ、これまでのことを知る関係者は喜んでくれた。キニーネ購入連盟は日本の加入をみとめ、国際的な進出を祝福してくれた。

しかし、衛生局だけは例外だった。星の足を引っぱろうとし、ひそかに計画した権限による決定がくつがえされた。英国への回答文は星と外務省とで作られ、かえって恥をかくことにさえなった。恥は内向し、心の奥の復讐《ふくしゅう》の炎を、さらに燃えたたせることになった。

衛生局は多額の補助金を一手に与えている国内製薬を督励し、キニーネ製造の研究を急がせた。それが完成すれば、星から取り上げてこちらに移す態勢も口実もととのうというわけである。

だが、なかなかうまくいかない。これもまた、衛生局にとって面白くないことだった。星は世界にむかって進出しかけているというのに、情実で結びついた会社、可能な限りのバックアップをしている会社のほうが劣るとは、まことに面白くない。そんなに不愉快なら、国内製薬のほうに当りちらせばいいのだが……。

キニーネさわぎは、ひとまず解決した。だが、思いがけぬ方面から、またも不審な炎が立ちのぼり、星に襲いかかってきた。

議会に星のモルヒネ問題が登場したのである。台湾総督府からの粗製モルヒネ払い下げ権を、星だけに持たせておくのは不当だ、各社に公平に分割すべきものだとの主張だった。一見もっともらしい議論だが、利益の分け前を他社にもあずからせるべきだという意味を含んでいる。

医師出身の某代議士が中心になり、これを強硬に叫ぶグループができ、政府に迫った。この必要資料は衛生局がそろえて裏から提供し、運動費は業者の手で大量にばらまかれた。

問題が大きくなると放任しておくこともできず、衆議院はこの件を討議するために非公開の予算分科会をもうけ、事情調査を開始した。そこで官庁側の説明に立ったのは、衛生局の野田医務課長。当然のことながら、星にはきわめて不利な内容が、もっともらしい口調で語られた。八百長《やおちょう》の筋書きが、巧妙に演じられているのだった。

このように、監督官庁は非好意的というより、悪意を持ってのぞんでいる。議員には運動費が手渡されている。そして、星には出席して発言する機会も与えられない。

この絶望的な情勢のなかにあって、さいわい台湾総督府の当局者だけは、星の立場を支持する意見をのべてくれた。台湾専売局の阿片による収入は、現地の衛生事業施設の拡張や整備に充当されることになっている。星はその収入を、無から有をうみだす発見で、何倍にも高めてくれた。台湾における功労者ともいえる。また、当局者は軌道に乗せるまでの苦心を知っており、強調してくれた。そのおかげで、払い下げ権利の分割はいちおう見送りとなった。

ひき潮がふたたびみちてくるように、つぎには悪質なうわさがどこからともなく流されてきた。星は後藤新平およびその一派と組んで、裏でおたがいにうまい汁を吸っているらしいとの、事実無根の評判である。これは後藤の反対派をもグループに引き寄せた。星がどんな薬を作ろうが知ったことではないが、後藤の政治資金源となると話はべつだ。気の毒だが星をたたく側につけば、後藤の勢力を弱める役に少しは立つかもしれない。

この運動は、議会が開かれるたびに毎回むしかえされた。一民間会社の問題が、執念ぶかくこうも長期にわたって論じられたのは、いままでに例のないことであった。しかも、つぎこまれる運動費がふえているらしく、強硬さはます一方だった。業者のほうでは分割に成功しさえすれば、たちまち回収のつくはずの有利な投資だと考え、惜しげもなく出した。代議士はそれを受け取る代償として、激しく論じなければならなかった。たえまない増水で水圧の高まった堤のごとく、いまにも崩れそうな段階になってきた。

もはや、星の力を以《もっ》てしては、防ぎきれそうになかった。神通力でもそなえた援軍でもこなければ、押しかえすのは不可能だった。

しかし、その援軍が思わぬところから現れてくれた。第七代の台湾総督であった陸軍大将の明石元二郎は、上京した時に星を呼びつけてこう言った。

「就任したばかりでよくわからんのだが、わしの管轄《かんかつ》のことで、きみへの風当りが強いようだな。いったい、きみはなにか悪いことをやっているのか」

軍人だけあって、大ざっぱな質問だった。星はこれこそ最後のたのみのつなと思い、最初からの経過を熱をこめて説明した。

「このように、新しい産業をおこし、台湾のためにも国のためにも利益をもたらしているはずです。総督府の記録をお調べ下さればわかります。私は少しも悪いことはしておりません。むしろ功績を誇りたい気持ちです。それに対して国から報酬をもらいたいとは思いませんが、努力の結果が無視され、奪われるのは、あまりにも残念でなりません」

明石大将は軍人ではあったが、日露戦争当時にヨーロッパに長く駐在していたことがあり、合理的な判断力を持っていた。また、業者からの運動費もここまでは及んでいなかった。

「よし、わかった。きみは努力した。他人が汗を流すのをふところ手で眺めていて、その成果を横取りしようとする連中のほうが悪い。こんな風習がひろまったら、世の中、率先して事をなそうとする者がなくなる。権利の分割はわしが許さん」

単純明快な断定だった。星の耳にはそれが神の声のように響いた。内地の者には想像しにくいが、台湾においては総督がほとんど絶対的な権限を持っていた。その地域における元首に近いといっていい。議会がいかに論じても、政策を簡単に動かすことはできない。

その意向がこうはっきり示されては、分割工作も下火にならざるをえなかった。残り火がぶすぶすくすぶってはいたが、大勢を変えるには至らない。あくまで押し通すには、総督を交代させなければならない。そこまでやるほどの重大問題ではないのだった。

暗い雲が風で飛ばされ、星は久しぶりに青空をあおぐ思いだった。

しかし、陰火の炎は、これで消えるような、なまやさしいものではなかった。地中深くはっている雑草の根、どろどろした溶岩、悪性の病原菌のように、一個所を押えたとしても、予想外の他の場所に、まもなくその噴出をはじめる。

すなわち、星の隆盛を見て、自分もモルヒネを製造したくてならない同業者の羨望《せんぼう》と嫉妬《しっと》。また、役人の抱いている権力欲と復讐心。この二つは容易に消滅しないどころか、さらに緊密に結びついて策をねり、強引きわまる形でたくらみを進めていたのである。

しかし、内地でモルヒネを作ろうとしても、原料入手に関しては阿片《あへん》専売法という壁がある。外国からの直接の輸入は許されないし、政府を通じて正規に衛生試験所から払い下げてもらうと、高価で採算がとれない。かつて星が悩んだのと同じ状態がつづいている。といって、台湾専売局からの払い下げ権を分割する運動は、寸前まで迫りながら、総督の一声で実を結びそこねた。しかし、この不可能なことを、彼らは彼らなりの方法で実現してしまった。

大正六年の初秋の議会に、内務省は阿片法の改正案を提出し、それを通過させた。

この改正の要点は、指定を受けた会社であれば、原料阿片を外国から輸入し、自由に製造してもいいというのである。星が頭をしぼってアイデアをうみだし、乗り越えるのに成功した壁。その壁を業者と役人の連合軍は、金の力によって爆破した。最も単純でわかりやすい方法ともいえるが、最もあさましく情ない方法ともいえた。議会にばらまかれた運動費は、権利の分割では成功しなかったが、法の改正ではききめを発揮した。この二段がまえだったからこそ、運動費が気前よくつぎこまれたのであろう。

この改正によって、業者はモルヒネの利益にありつくことになった。そればかりでなく、星をいじめるのにもいくらか役立った。星の原料入手ルートであった台湾の一手払い下げ権の価値が、少し薄れたわけだった。衛生局の役人たちの頭には、星を応援した総督府への仕返しの気分もあったにちがいない。

新しい阿片法により輸入原料によるモルヒネ精製をしてもいいと指定された会社には、星も含まれていた。役人も内心ではもちろん指定などしたくなかっただろうが、開拓者であり、技術を有し、設備があり、現に操業中である社を除外しては、あからさますぎる。

星のほかの指定会社は、三原の系統の国内製薬と、もう一社であった。三社それぞれ、年間一万五千ポンドを限度として原料阿片を輸入し、製品化することがみとめられた。議会にばらまかれた運動資金の出所が、これではっきり推察できる。政府の支出した補助金が、国内製薬をへて議員に流れ、法の強引な通過となり、それにもとづいて指定がなされたといえるのだった。

なお、以上の三社のほかに、ラジウム製薬が以前より阿片系の調剤を作っていた実績によって、二千ポンドという量が許可された。

衛生局のアンフェアぶりは、これだけではなかった。阿片令改正と同時に、前々から衛生試験所に研究させておいたモルヒネ精製法を、官報にのせて発表した。星がこの問題を解決するのには、ビルの部屋に閉じこもり、七十五日におよぶ緊張しつづけの、焦燥と不安にみちた時日を費した。また、社の経理関係者の顔が青くなるほどの金をつぎこみ、そのあげくに手にしたものだ。

しかし、今回新しく指定された業者は、官報を買って目を通すだけで、それを知ることができる。

官庁側に言わせれば、立派な理由をあげるだろう。新しい産業の育成のために、民間への便宜をはかることは、当局としてのつとめであると。しかし、裏から考えるとこうもいえるのだ。星の足をひっぱるためには、法を改め、専売の利益を犠牲にし、国費で研究までして競争会社に提供までするのだと。

新阿片法の発足に際し、星を含めた指定の四社は、内務省の衛生局長室に呼ばれ、実施についての説明と注意を受けた。

星は法の条項を読んで、なかに不備な点があるのに気づいていた。各社は制限内の量なら自由に輸入できるのだが、その原料はいったん政府に納入し、ふたたびそれと同価格で払い下げを受けなくてはならないことになっている。

あまりに形式的な手続きである。役人としては、少しでも多く権力を握っていたいわけであろう。しかし、そのために不便な障害がおこるとなると、話はべつだ。局長の説明が終ると、星は質問した。

「この条項によりますと、いったん買上げるための予算を、政府は計上しておかなければなりません。そして、その枠《わく》にしばられることになりましょう」

「枠にしばられるとは、どういうことだ」

「私たち製薬業者としては、原料があればそれでいいというものではありません。安くなければならないのです。欧米の製品と価格の競争をするためには、世界じゅうに目をひろげて、安い原料をさがす必要があります。安い原料のまとまった売物があった時、また近く相場が上昇しそうなけはいを示した時、まとめて仕入れておきたくなるのが当然です。しかし、それをやろうとしても、政府の予算は一年分しか用意されていず、それ以上の量は買えない。次年度の予算が使えるまで待たなければならず、安い原料を買いそこね、みすみす高い品を買わされることになります。政府が倉庫を指定し、買った品はそこに量に制限なくしまわせたらどうでしょう。運び出すのを監督すれば、製造量の限度も守れましょう……」

　聞いている局長と医務課長は、無表情のまま、ちょっと目をあわせた。いずれも、内心では異様に感じたにちがいない。あれだけいやがらせをやったのに、恐れ入ることも、目をつりあげることもせず、星というやつは童顔で平然とやってくる。そのうえ、なんだかんだと親切そうな口調で、われわれに教えようとする。

　指摘されてみると、説の内容も正論だ。星は商売の体験で知っていたわけであろう。

官庁としても、改正前に気づいていれば、それを条文に盛りこんでいたところだ。しかし、立案前に星に相談することなど、衛生局としてはできたものではなかった。

他の三社の者は神妙に控え、心持ち頭をさげて神妙にうけたまわっている。姿勢のいい星だけが、なにか異人種のように見えてくる。妖気《ようき》が発散しているようだ。

局長も課長も、星の顔を見て話を聞かされているうちに、毒気を吸わされたようにいらいらしてくる。なぜこうなるのかと考え、原因に漠然と気づく。官庁の地位というものは、民間より一段と上にあり、強固で、ゆらぐことは絶対にないはずなのだ。それなのに、星と会っていると、波に浮いた板の上にすわっているような、こわれやすい椅子《いす》にすわっているような、たよりない気分になってくる。こんなことは今までなかったのに。

この星というやつは、心のなかがどんなしかけになっているのか、頭のなかがどう動いているのか、見当がつかない。その不安を払い、さとられぬようにするには、いかにも役人らしく、つとめて平静な冷たい言葉を使わなければならない。医務課長は答えた。

「われわれが完全と思って立案した法だ。よけいな心配はしなくてもいい。原料の価格があがって、予算が不足になったら、そのぶんは予備費から支出するから、それで原料は確保できるはずだ。きみたちは監督官庁を信頼していればいい」

答になっていなかった。星の指摘したのは、外国に支払う金を少なくするための方法だったが、役人の頭には法の運用しかなかったようだ。議論にならないと察し、星は話題をかえ、いままでに調べてきたことをもとに、他の三社にこんな提案をした。

「原料の輸入については、私たちが共同で当ることにしたらどうでしょう。各社がそれぞれ、外国市場に別個に問合せたら、不利なことになりそうです。なぜなら、相場は敏感ですから、当方で必要としている何倍もの需要があるのではないかと誤解され、相場があがってしまうからです。おたがいの損ばかりでなく、国の損害にもなります。それればかりでなく、なぜ日本がこうも大量にモルヒネを作ろうとしているのかと、つまらぬ疑惑を持たれかねないでしょう」

三社の者は同意したものかどうか、だれもわからなかった。阿片の相場変動など、調べたこともない。もっともな案のようでもあり、自分たちがいじめた報復に、星がなにか計画を考えているのかもしれないと思った。彼らは答をうながすように、列席の局長と課長の顔をうかがった。

局長は腕を組んでいたが、しばらくしてうなずいた。自国の産業が共同してことに当るとか、外国からの疑惑とかいう言葉が出てくると、反対の発言はしてはおかないほうが無難だ。

「そういうこともあるかもしれぬ。悪い案ではないようだな」

「私の意見にご賛成いただき、ありがとうございます。では、共同で輸入することを、指定の条件になさったらいかがでしょう」

この星の言葉で、局長はいやな顔をした。さっきは法の条文に注文をつけたかと思うと、こんどは実施の政策まで口を出してきた。いかにもっともな意見でも、この席で是認などできるわけがない。官庁を恐れ、ありがたがっている民間業者の同席している時だ。そんなことをしたら、権威もなにもなくなってしまう。彼は適当に答をにごした。

「まあ、その件は後日あらためて、相談しあうことにしよう」

「よろしくお願いいたします。私は政府が今回、アルカロイド製法の指定会社をふやし、この分野をもりたてようと考えられたことは、非常にけっこうだと思っておりま す……」

と星が言いかけたので、他の者たちは緊張して耳をすませた。なにかひどい皮肉でも発言するにちがいないと感じたのだ。しかし、星は大まじめな口調でその先を言った。

「……私の経験によりますと、この産業は機械力よりも人間の微妙な注意力と、手先の動きのほうが重要です。この点で、日本人に適している仕事のように思います。したがって、やりようによっては、欧米に対抗どころか、世界一のアルカロイド国になれましょう。これを機会に製薬関係者は力をあわせて、その目的をめざして進むことにいたしましょう」

星のこの言葉で説明会は終り、解散となった。そのあとで、局長と課長とは椅子から立とうともせず、また顔をみあわせた。当局の言うべきあいさつまで、星はぬけぬけとしゃべって帰っていった。いったい、だれが指導的な立場にあるのか、わけがわからない。

どういう神経なのだろうか。星の不利になる新阿片法を出したのがこの衛生局だと、気づいていないはずはない。また、きょうの同業者たちが、自分をおとしいれようと裏で大金を使って運動したことも、知らないはずはない。その連中を前にして、協力してやりましょうなどと言っている。

表情を見ていたが、星は本気でそう主張していたらしい。とても常識では理解できない。頭が変なのではないだろうか。あるいは、モルヒネやコカインをいじっているうちに、中毒したのかもしれない。局長と課長とは、あれこれ想像し、少し青ざめた。

人は自分に理解しがたい感情や考え方に接すると、恐怖に似た気持ちを抱くものだ。

星の提案した原料阿片の統一購入の件は保留という形だったが、話は進展せず、そのまま立ち消えになってしまった。衛生局が先に立って強力な指導をすればべつだろうが、星の案に従ったとなっては面目にかかわる。業者もその場では賛意を示しはしたが、協力よりも抜け駆けを好む日本人特有の性格によって、だれも乗り気にならなかったのだ。

しかし、星はそれにこりず、こんどは原料の国産化をはかるために、ケシの栽培を研究する組合を作ろうと提唱し、各社に説明してまわった。国内で安くケシを育てることができれば、輸入するよりはるかにいい。これには三社も賛成し、資金を出しあい、大阪府下に土地を借り、農学者をやとって本格的に発足した。

欧米では阿片原料を中近東やインドから輸入するだけで、ケシ栽培法についての植物学的、農学的な研究はなされていなかった。この点においても意義があった。そして、地質、肥料、品種などとモルヒネ含有量との関連、気候の影響といった、体系的な調査が進められた。日本で栽培するとすれば、どの地方がいいかとの見通しも立ちかけた。

だが、三年ほどたった時、衛生局は当局が直接にやったほうがより完全なものになると称し、研究組合を接収してしまった。

組合は商売がたきどうしの寄合いではあったが、安い原料を入手しようという点では一致していたし、資金も出しあっており、能率と実行についても同じ気持ちだった。だからこそ成果もあがっていたのだ。

しかし、官庁の小さな一部門となると、熱意もこもらず、研究の速さもしだいにおそくなっていった。そして、国内におけるケシの栽培は実現することなく、五年ほどして、機構改革のついでにその部門は廃止され、消滅してしまった。

6

星の周囲では不愉快な外患がほとんどたえまなくただよい、すきあらば足もとをすくおうとねらっていたが、内憂のほうは少しもなかった。

アルカロイドの製法はつぎつぎに確立され、生産に移されている。チョウセンアサガオからは目薬用のアトロピンを抽出し、静岡や台湾には茶からカフェインをとる工場を造った。コカ樹やキナの木や除虫菊など、台湾にも栽培できるはずだと、その研究にも着手した。

売薬の部門も急カーブで売行きが上昇していた。増産をし、品種もふやした。工場が拡張され、内部には米国製の最新式自動装置ができる限りそなえつけられた。それでも、人員はたえず募集されていた。工場内の雰囲気はなにかが沸騰《ふっとう》し膨張しているかのように、活気がみなぎっていた。

直径が二メートル、長さ十メートルという円筒が回転し、内部の原料を混合している。巨大な歯車に連結した羽根は液をまぜている。抽出用のタンクは何列にも並び、丸薬や錠剤の製造機は滝のごとく粒を吐き出している。ベルトコンベアーは流れつづける。室内にはレールが敷設《ふせつ》され、その上をトロッコが製品をのせて運んでいた。空気の浄化もなされていたし、実験用動物の飼育場では、ヤギやサルがひしめいていた。

見学希望者は、だれでも入ることができた。他の同業者に見せることはないでしょう、との意見もあったが、それを押しきって開放した。同業者の幹部はひそかに見にきたが、帰ってから部下に見学に行くことを禁止した。いかに自分の社がおくれているかを、思い知らされるからだった。

一般の見学者は、別な世界に足をふみいれたように感じる。呆然《ぼうぜん》と帰る者もあったが、この世界で働きたいと決心する者もある。若く活動的で、優秀な人物が集るのだった。

営業品目は売薬が六十九種、医薬用アルカロイドが十五種、注射薬が四十五種、化粧品十一種、そのほか医療機械、絵具、防腐剤、ワクチンにまで及んだ。カタログは毎月のように改訂され、厚みをましていた。これらの販売のために使われる新聞広告代は、毎月二十万円にも達した。星の商品の名は、全国にあまねく知れわたった。

国内ばかりでなく、キニーネは外国にも輸出し、販売代理店が数カ国にできた。

ある日、重役の安楽が星に言った。

「いままでは綱渡りのしつづけのような気分だったが、よくもここまで伸びてきたものだな。時どき、これがみな幻影じゃないかと、信じられなくなるくらいだ」

「つまらないことを考えないでくれ。想像力は大切だが、それがマイナスにむかう取越し苦労はよくないぞ。なんの役にも立たない。すべて、この通り現実だ」

と星は床の上で飛びはねてみせた。子供っぽくも見えたが、活力を持てあましているようにも見えた。安楽は、きげんがよさそうだなと判断し、ひとつの企画を持ち出すことにした。

「しかし、先を急いでつっ走るのもいいが、どうだろう。このへんで、足もとを固めることも考えるべきじゃないだろうか」

どうせ賛成はしないだろう、と思いつつ言ったのだが、星は同意した。

「たしかに、それも必要だ。で、どんなことをやったらいいか、案でもあるのか」

「他の業者のやっていることを、社員に調べさせてある。どこも販売店や問屋とのつながりを密接にするために、くふうをこらしているようだな。早くいえば招待戦術だ。わが社でも、地方の特約店を招待し、会合を開いたらどうだろう。考えてみれば、特約店はじつによく活動してくれている。なかには、出張社員に対し、それとなく招待を要求している店もあるようだ」

「招待か。うん、それは悪くない案かもしれないぞ。よし、それをやろう。まず、特約店のなかで特に成績のいいのを数十名、東京に呼ぶことにしよう。その人選を営業部にやらせるよう、きみから伝えてくれないか」

「ああ」

きょうはいやに素直だな、とふしぎがりながら、安楽は部屋から出ていった。星の性格からいって、他社のまねをするとか、招待してごきげんをとるなど、好まないはずだ。なぜ心境の変化をきたしたのだろう。理解に苦しむことだが、いい傾向にはちがいない。

やがて、営業部の若い社員が、名簿を持って星のところへ来た。明るくうきうきした声で言った。

「さきほどの件の人選ができました。ところで、会場はどこにいたしましょう。新橋か赤坂あたりにでも……」

「そんなところで、なにをするのだ」

「もちろん、ごちそうです。星としては、他社以下のことはできません」

「とんでもないことだ」

星はどなり、手で机の上をたたいた。その勢いで書類が床に落ち、社員はそれを拾ったものかどうか迷いながら、小さな声を出した。

「はあ……」

「そのへんの旅館にとめればいい。会合はこの本社の一部を使う」

「それだけでいいのでしょうか。ほかにはなにか……」

「そうだ、大きな黒板を用意しておいてくれ。わかったか」

「わかりました」

と社員は答えたが、じつは少しもわからなかった。どの社でもやっている、東京案内や観劇やおみやげ品の準備などは、どうするのだろうか。いやいや、これは社長になにか内密のアイデアがあるのだろう。あっという派手な趣向を、示すつもりにちがいない。となると、あまりせんさくすべきではない。営業部は丁重な招待状を発送した。

それを受け取った特約店主たちは、待ちかまえていたように上京してきた。ほとんどが羽織はかまという正装である。旭日昇天《きよくじつ》の星の招待だから、どんな豪華な席に案内されるかわからない。その時、地方の名士として、笑いものになるような服装ではならぬと考えたからだった。

店主たちは工場見学をしたあと、本社の一室に案内された。高いビルのため窓からの眺めはいいが、飾りけのない部屋で、机と椅子が並べられてあり、壁には大きな黒板がある。机の上にはノートと鉛筆がくばられてあった。

「これはなんのつもりなんでしょう」

「さあ、学校の教室といった感じがしますな」

店主たちはいぶかしげに話しあった。しかし、まもなく理由がわかった。そこは教室らしきものではなく、教室そのものだったのだ。

やってきた星は、簡単なあいさつをしたあと、黒板の前に立って講義をはじめた。

「当社は株式会社であります。株式会社という言葉を知らない人はないでしょうが、さてどんなものなのかとなると、答えられない人が多い。そもそも、株式とは……」

聞かされる店主たちは意外さにとまどい、同席の社員たちは、こんなことをして大丈夫なのかとはらはらした。

しかし、星は平気で話しつづけた。まず、会社とはどういうものかを説明し、株式や社債について、薬の歴史、原料の産地、製造工程から製品の販売に至るまでを、わかりやすく解説したのだ。黒板に図を書き、アメリカでの体験の話をまぜ、随所にユーモアをおりこんで笑わせた。星は話すのが好きであり、話術もうまかった。個人を相手の会話の場合は、口をはさませないため相手が迷惑がることもあったが、多数を相手とすると調子よく才能が発揮できた。また、内容は借りものでなく、すべて自分が直接に調べたり体験したことばかりなので、感情がこもり論理が通り、訴える力が強かった。

最初は驚きと不満でざわめいた店主たちも、しらずしらずのうちに引きこまれ、ノートにメモさえとりはじめた。彼らにとって、こんな知識に接するのは生れてはじめてのことだった。いままでだれも教えてくれなかったし、学ぼうと考えもしなかった。その空白が埋められ、しかも明快に頭のなかに入ってくる。

自分たちが本社とどうつながっているのか、どんな立場にあるのか、努力すればどんな成果が自分にもたらされるのかなども知らされた。

食事のために講義が中断されたが、店主たちはみな急に一段と自分がえらくなったような表情になっていた。出された食事は粗末なものだったが、頭が一種の興奮状態にあり、新知識を消化するほうに忙しく、味わうどころのさわぎではなかった。

ふたたび講義がはじまり、ごちそう政策は結局すべて消費者の負担になる悪習慣だとの解説をした。さらに「文明の最大問題は人間の能率である」とか「商品をして活動せしめよ」とか「思考は生産なり」とか、要約した文句をあげ、その解明をした。

店主たちは東京見物をするより、工場をもう一回見学したがった。講義のあとだと、さらによく理解でき、自分の扱う商品への自信もついた。

会が終了すると、店主たちは急いで帰郷していった。この興奮がさめないうちに店に戻り、メモを片手に家族や店員に講義をしたくてならない気分だったのだ。しかし、そう急ぐこともないといえた。催眠術ならさめることもあろうが、これは眠りからのめざめなのだから。

予想以上の成果に気をよくし、星はこの計画を定期的に継続すべく、工場のそばに宿舎兼講堂ともいうべき建物を造った。上京してきた販売店の主人たちは、ぞうきんがけまでやらされる簡素な生活に目を丸くしたが、知的興味の満足感のほうが大きく、不平は出なかった。知名な学者を講師に呼び、医学や薬学から、社会や政治問題まで講義をしてもらった。簡素な生活だから、気の散ることが少なく、知識が頭におさまりやすかった。

販売店の夫人を招待し、女性だけの講習会も開かれた。また、子弟だけを集めた時もある。星は青年たちにこう話した。

「人間が二十歳に達するまでに、いくらくらい金がかかっているか、それぞれ自分で計算して書いて出すように……」

それが集計されると、統計のとりかたを教えながら、平均値を出す。

「……このように、ほぼ五千円の金がきみたちのからだにかかっている。それだけでも大きな資本だ。これから、それで利益をうみださなければならない」

そして、青年たちは商品をひとそろい持たされ、トラックで東京のはずれに運ばれて捨てられるのである。どこかの家を訪問し、売って金にしなければ電車にも乗れず、歩くにも途中で食事がとれず、宿舎に帰りつけない。のんびりと育った者も、帰ってきた時には自信にあふれた表情になっている。

無茶な方法だが、星がニューヨークではじめて行商をやった時の体験から出た案だった。レースのハンケチやテーブルクロスを鞄《かばん》に入れて高級住宅地へ行ったのはいいが、気おくれがしてどうしてもベルを押せない。少しぐらいの現金があるからいけないのだと、それで食料品を買い、背水の陣を自分に強制し、はじめて売り込みに成功したのである。

こういった、自己の体験と知識をすなおに他人に伝える技術の点では、たしかに星はうまかった。製薬をやるより教育事業にむいているのではないかと思えるほどだ。だれかがその感想をのべると、星は答える。

「工場や物品に対するだけが投資ではない。人間への投資のほうが、もっと重要だ」

講習会によって、販売店どうしの親密感もできていった。また、星は印刷機を外国から買入れ、社報を編集して発送し、その連帯を保つようにつとめた。

といって、まじめ一方ばかりではなく、時には茶目っけを出した宣伝もやった。製糖会社をやっている藤山雷太にたのみ、新橋の美人芸者の写真を二枚もらって、新聞に大きな広告をのせた。求婚広告の形式で、条件として、相当な教養のある紳士で、たとえ肺病にかかったことがあっても星の薬でなおっている人ならいい、と書いた。日本ではじめてのことで、どこでも話題になった。あとで藤山は星に言った。

「あれ以来、二人とも大変な売れっ子になった。しかし、広告を本気にした人が多く、求婚攻めにあって困っている。どうだ、星君。責任上、きみが世話をしたら」

「とんでもない。そんなことをしているひまはない。いまは最も忙しい時期なのだ」

「どうもきみの様子を見ていると、その最も忙しい時期が一生涯つづいてしまいそうだな」

だが、忙しいことは事実だった。京橋の本社は七階建てのビルとなった。一階の小売部のそばには、アメリカ風のカフェテリア、すなわちセルフサービスの簡易食堂が作られ、ハイカラ好みの人のあいだで話題となった。また、コカ葉とともに南米から直輸入したコーヒーも飲めるようにした。当時としては珍しかったアイスクリームを、わざわざ遠くから食べにやってくる人もあった。

すべてのことが新しく、人目をひき、薬の売上げは伸びる一方だった。もっとも、依然としてつづいている欧州大戦のためでもある。輸入薬が入手できにくいとなると、いやおうなしに国産の品、星の薬を使わなければならない。その製品は、独特で強力な販売網によって売られる。

これは販売だけのルートではなかった。第一次大戦が終ってから一年ほどあと、不景気の波が日本をおおい、基礎の弱いふくれあがった成金たちが、相ついで泡《あわ》のごとく消えていった時にも、星は少しも影響を受けなかった。それどころか、逆に増資をし、規模の拡張をし、高率の配当も維持した。

星の見解である「事業は資材の安い、不景気の時にこそ伸ばすべきだ」という説を、実地に示すことができた。これらの増資の株は、この販売網によってほとんど消化された。店主たちが利益をあげていたためもあるが、東京での講習により、株とはなにか、増資で事業が大きくなれば自分たちにどう利益がますかを、理解させられていたからであった。

7

大正七年の十一月、長くつづいていた大戦も、ドイツの降伏によってやっと終りをつげた。血にまみれたヨーロッパの地上に休戦ラッパが鳴りひびいたわけだが、日本においては特に感激もなかった。祝賀会の壇上では原敬《たかし》首相がシルクハットを振りまわした。仮装行列が街頭をねり歩いた。それはドイツ皇帝の首を持った四十七士といういでたちだった。

だが、大正八年の講和会議には、日本も連合国の一員として出席した。六月にパリ郊外のベルサイユにおいて条約が成立し、日独の国交が回復した。

そのころのある日、星は後藤新平の宅を訪れ、こんな話を聞かされた。

「こんど日本に着任したゾルフ大使は、私がドイツに留学していた当時からの友人だ。そんなわけで、先日、旧交をあたためるため会ってきたが、彼の語るところによると、ドイツの疲弊はひどいものらしい。あれだけ長期の戦いをやって敗れれば、むりもないのかもしれぬが、学問の水準を世界に誇るドイツ科学者たちも、実験用のモルモット一匹を買う金にさえ、ことかいているそうだ」

後藤は医者の出身であり、モルモットの買えない点にいやに同情的だった。それを聞いて、星は申し出た。

「なんでしたら、私がドイツの学界に寄付をいたしましょうか」

すぐれた頭脳が真価を発揮できずに、遊休状態にあるというのは、いかなる意味でも損失である。また、同情すべきことでもあった。それに星の現在の隆盛は、大戦の恩恵による点が大きい。良心のとがめはないというものの、無形の負債がないとはいえない。

星はちょっと考え、二百万マルク、邦貨で八万円ほどでどうでしょう、と言い、後藤は喜んでくれた。

「そうしてくれるとありがたい。金額の多い少ないではない、感情の点で益するところが多い。いまのドイツ人は旧敵国である日本人に、かなりの反感を抱いているらしい。戦闘らしい戦闘もしないのに、戦勝国としてベルサイユ会議に列席したのが面白くないのかもしれぬ。そのため、平和回復とともにドイツに入国した者たちは困っている。留学生は入学許可がおりず、商人は契約ができず、工場見学さえこばまれている。そんな感情が薄らいでくれるだろう」

「閣下に喜んでいただければ、それでいいのです。閣下には、ずっとお世話になりっぱなしのままで……」

星は恐縮し、あとの言葉をにごして辞去した。考えてみれば、後藤にはアメリカを案内して以来ずっと可愛《かわい》がられ、台湾の粗製モルヒネの件をはじめ、なにかと恩になっている。また、接するたびに、その世界的な視野と、雄大な識見によって精神的に啓発される。

世間には、星が後藤に莫大《ばくだい》な政治献金をしていて、その力で発展しているのだろうとうわさする者もあった。企業が奇跡的ともいえる速度で急速に成長すると、その裏にはなにかあるのでは、と考えたがるのが人情である。そこをねらって、阿片《あへん》払い下げ権分割さわぎの時には、意識的にうわさが流されもした。たしかに、ある程度のものは手みやげとして持参していたが、政治資金というほど巨額なことは不可能だった。

余裕はあるのだが、捻出《ねんしゅつ》したくとも個人会社とちがい、株を公開し、販売店を集めて決算書についての講義までやっているとなると、変なことはできない。また、かねての主張である「世界の同業者の模範たるべし」の文句が泥にまみれてしまう。

ドイツ学界への寄付のような、名目の立つ意義のあることならいいのだが……。

なお、この二百万マルクは正金銀行を通じてドイツ政府に送られ、学術部門に使用された。対日感情の好転にも役立ち、これが呼び水となって、アメリカはじめ各国からの寄付も開始されたという。


星は後藤の恩にむくいる方法はないかと、そのごも、たえず考えつづけた。それは会社の関係者を説得できる、公明なものでなければならない。アイデアを求めているうち、しだいに案がまとまってきた。構想はこのようなものである。

日本の社会は金銭や情実に支配されていて、欧米の水準には合理性の点でも、能率の点でもおくれている。自分はこれを改善するため、事業を通じて努力はしている。効果はあがりつつあるとはいえ、広く大衆に知らせるとなると、長い年月を要しそうだ。

もっとこれを早め、世論の質を高め、力を盛りあげ、社会と政治を変えなければならない。大衆的な、効果的な、強力な言論機関ともいうべき存在が必要となる。

新しい新聞の発行……。

この結論に落ち着き、星もまた性格的に新聞事業が好きだった。しかし、新聞社の経営だけは敬遠したい気持ちが強かった。

ニューヨークでの苦学時代に、星は安楽といっしょに、和英両文で印刷した週刊の小新聞を発行していたことがあった。ことのおこりは学資のたしにと、日本の新聞や雑誌の面白そうな記事を英訳し、それを新聞社に売って金を得たことからであった。

この「ジャパン・アンド・アメリカ」という小新聞は、日本の記事をのせ、在留邦人には故国のニュースを知らせ、米人には日本への理解を高めさせるのが目的だった。人のためになり、実益をも兼ねるつもりだったが、好評にもかかわらず、資金の面ではさんざん悩まされた。ついには、生命保険をかけてブルックリン橋から投身自殺をやるという、借金返済法をこころみようとまで思いつめたこともあった。

こんな体験があるので、新聞経営となると無条件で弱気になる。帰国してまもなく新聞社からの高給のさそいを断わったのも、そのためだった。また、安楽にしても、この件に関しては絶対に賛成しないだろう。

新聞社でなく、この役割を果すことのできるものはないか。星は問題をここにしぼり、通信社という答を考えついた。全国の各県で発行されている地方紙に、ニュースや記事や論説を提供する組織のことである。これによって、中央紙に劣らぬ内容と、地方独特の色彩とを持った新聞ができあがる。

そして、その運営。調べてみると県単位の地方紙なら、月に一万円の定期的な広告収入が確保されれば、経営が成り立つらしい。星はいま新聞広告の費用として、月に二十万円を越える額を使っている。その広告を、この通信社系の地方紙に移したらい い。

また、東京に記者の教育や訓練をする機関を作り、各地方新聞社間の人事の交流の世話もする。新鮮な血液の補給もでき、沈滞におちいることも防げる。それぞれの地方に、その地域社会に密着し、同時に世界的な感覚をもそなえた独自の新聞が育つのだ。広告の効果も、いま以上に強くその地方に即応し、商品販売をも助けてくれることになろう。

この新しい通信社の社長に、後藤新平を迎えようというのである。後藤は台湾の民政長官から、満鉄の初代総裁、大臣をも歴任し、いずれも見事な業績をあげている。スケールが大きく、進歩的であり、大衆にアッピールする人気の持ち主でもある。

これこそ、ふさわしい役割だ、と星は思った。尊敬する後藤の抱負を世に広く伝え、社会に刺激を与えることができれば、その反映もわきあがって、日本を支える動きになるはずだ。

星はこの計画をある程度まとめてから、後藤を訪問した。

「きょうは閣下に、ひとつのおみやげを持って参りました。受け取っていただけるとありがたいのですが」

「そうか、とうとう、ばかにつける薬ができたか」

と後藤は愉快そうに笑った。この「ばかにつける薬はまだか」というのは、後藤の考えついた星をからかう文句だった。会うたびに言われ、さすがの星もいささか閉口していた。

そのためもあって、星は「三十年後」と題する未来を舞台にした小説めいたものを書き、大正七年の春に出版した。そのなかにばかにつける薬をはじめ、感情を健全に保つ薬、筋肉を強める薬、長寿薬などを登場させ、日本が税金のない理想郷になる空想を展開したりした。そして、その序文には、そのいきさつとともに、少し前に死去した後藤の夫人の霊にささぐと記した。

「まだ、そこまではゆきませんが、それに近いものとは申せましょう」

「早く本題に入ってくれ」

と後藤はせかし、星はあらましを説明した。

「……といった案なのですが、いかがでしょう」

「また、雄大なことを考えたものだな」

「いえ、閣下の大風呂敷《おおぶろしき》には、とても及びません。まあ、中風呂敷といったところでしょうか」

大風呂敷とは、いつも後藤の発言する一見現実ばなれしたような大構想に対して、世人のつけたあだ名だった。

「うまく品物を包めればいいが」

「私は必ず完成してみせます。いままでも、計画したことはすべてやりとげております。それが設立できた時には、ぜひ社長になっていただくよう、お願いいたします」

後藤はまじめな顔になり、大きくうなずいた。

「もちろん、喜んで就任する。大きな声では言えないが、いまの政党のありさまは、どうしようもない。財閥の金と、わけのわからない術策とで動いているようなものだ。といって、国民に直接呼びかけたくても、その方法がなくて不満だったところだ。派手な発言で、一時的に大衆の注意をひきつけることはできる。だが、政界や社会の向上は、台湾の阿片漸減政策のごとく、長期にわたって継続的にやらなければだめだ。その点、通信社とは、じつにいい案だと思う」

と後藤にはげまされ、星はこの案を具体化するため、各国の通信社の機構や経営についての資料を集めにかかった。

そんなある日、星は伊豆の修善寺へと旅行をした。温泉につかって休養するのが目的ではない。のんびりするために時間と金を費すなど、星の性質ではありえなかった。この時はブドウ酒製造に手をのばしたものかを思案中であり、その調査のため、伊豆でブドウ栽培をしている農学者の意見を求めるのが目的で出かけたのだった。

たまたま、同じ旅館に政界の実力者である安達《あだち》謙蔵がとまっていた。面識のある仲でもあり、温泉に入りながらという気やすさから、星は世間話のすえ通信社の計画をしゃべった。

「アメリカの新聞はみなそうですが、わが国でも、こういった地方文化を基礎にした、独特な新聞が育たなくてはならないと思います」

「悪くない案だな。まあ、大いにやりたまえ」

安達はおざなりの返事をした。こっちは頭を休めに来ているのだ、こんなところで講義は困るよ、温泉のなかでまで、ながながと論ずることはなかろう、さみはおしゃべり過ぎるぞ、と言いたげな口調だった。

しかし、星はそんな感情におかまいなく説明をつづけ、なにげなく口にした。

「その社長には、後藤閣下に就任していただく内諾を得ています……」

「うむ、後藤君をね……」

安達は温泉の湯気のなかで、おうむがえしにつぶやき、湯ぶねから出ていった。湯気がなかったら、安達の表情の急にこわばったのが見えたかもしれない。

後藤新平に激しく対立している政敵は、三菱《みつびし》の女婿《じょせい》で財閥を背景にした加藤高明であり、あらゆる点で相反していた。加藤は民衆政治家と呼ぶべき経歴だが、その考え方も生活も貴族的官僚的だった。これに反し後藤は、官僚の畑で育ちながら、ざっくばらんな性格で、労働運動の先棒もかつぎかねない。ある人が二人を評してこう言っている。後藤は子供である。木にのぼったり水に飛びこんだりして人をはらはらさせるが、その割に大事をひきおこさない。加藤は老人である。思慮ぶかく注意ぶかいようだが、杖《つえ》にたよらねば動けず、変化に応じにくい。

したがって加藤が折あらば後藤を失脚させようとたくらんでいたのも、むりはなかった。

そのへんの事情は、星もあるていど知ってはいた。しかし、表面には立たないが、加藤の最も側近、最高の参謀がこの安達謙蔵なのだとは、星は少しも気がついていなかった。知っていたら、ここまで打ちあけはしなかった。

鬼と金棒が結びつこうとしている。対立する者にとっては、放任できないことだ。政治資金どころのさわぎではない。資金のある点では後藤がいくら努力しようが、加藤派にかなうわけがない。現実もまた、後藤に対していくらか優位にある。しかし、こんなものが出現したら、逆転しかねない。安達が緊張するのも当然だった。この安達は後年になって、日本一の策士と称されたほど、その方面の才能にたけていたのである。

星の性格である人のよささと多弁とは、三原作太郎、国内製薬、内務省衛生局に加えて、さらにやっかいで手ごわい敵を、ここに新しく誕生させてしまった。

8

話は少しもどるが、欧州大戦中の時期に、星は原料阿片の輸入ルートの確立につとめた。日本にモルヒネ産業をおこしたはいいが、原料入手の経路が不安定だと、はなはだ心細いことになる。日本にいて手をこまねいて注文を出していたのでは、中間の外国商社にいいようにもうけられ、かなり高い品を押しつけられてしまう。

まず、産地のひとつであるペルシャとの直結をはかった。ここのは粉末状であるため、泥状であるトルコ産のにくらべ、輸送に便利である。小包で郵送してもらうこともでき、短時日で届く。

いずれは社員を駐在させようと、その地の言語にくわしいものを採用し、旅行の準備にかからせた。また、現地の事情を調べているうちに、日本産の蚕種の需要のありそうなことがわかり、興味ある貿易に発展しそうに思えた。

信用状を送り、契約が成立し、特に高率な戦時保険がかけられ、万全の安全をはかったうえで、原料阿片の日本への第一回発送が開始された。

しかし、この時、不測の事態がおこった。星がなにかをやろうとすると、いつも不運の影がどこからともなくあらわれ、その前に立ちふさがる。テヘランからロシア経由の鉄道によって運ぶ予定だったのだが、ロシア軍がドイツ・オーストリア同盟軍に大敗し、鉄道が不通になってしまったのである。やむをえず、ラクダにつんで砂漠を横断させ、ペルシャ湾から船積みするよう、計画を変更しなければならなかった。そのために、計画外の出費を必要とした。

だが、その出費など比較にならない不運が、またもまとわりついてきた。その船がインドに寄港した時、英国の官憲により積荷を押えられてしまったのである。英国は東洋に多くの権益を持っており、あらゆる手段でそれを守ろうとする。阿片の貿易も日本に直接に割り込まれるのを好まなかった。この件も、おそらくペルシャの英国情報機関からインドに連絡があり、それによってなされたことであろう。

いかに交渉しても巧妙にあしらわれ、ふたたび船積みして日本に運ぶことを許してくれない。強引に没収されたのなら、保険金によって損害をおぎなうことができるのだが、そうでもない。なんだかんだで、現物が日本にとどくまで、一年以上もかかってしまった。八万円を投じた原料だったが、英国の妨害で冬眠させられ、そのあいだ、なんの利益もあげられなかった。

ペルシャとの取引きには、困難の多いことがわかった。となると、つぎはトルコだった。だが距離はさらに遠く、英国の妨害はやはり防げないだろう。星はこの点を解決するため、ニューヨークのフーラー貿易会社に依頼し、そこを経て購入する形式をとることにした。これによって、安定した最良の輸入ルートができあがった。

阿片法改正の時に星が提案した、原料の共同購入の足並みはそろわず、他の社もそれぞれ独自に輸入して製造にあてていたが、星の輸入価格が格段に安かった。いったん官庁を通すという手続きがあるため、このことは歴然としていて、衛生局も賞賛せざるをえなかった。

星は他社が「原料をいっしょに買ってくれ」と言ってくるかと思っていた。自分の提案したことであり、申し出があったら、喜んで応ずるつもりだった。だが、一社もなかった。協力をするよりは高い原料を買うほうが好きなのであろう。

また、台湾専売局への原料阿片納入は自由競争で、それまでは三井物産が主に扱っていたのだが、しだいに星のルートのものへと移っていった。日本の原料阿片輸入はほとんど星が独占した形になり、重役の安楽はその仕事にかかりっきりとなった。

阿片の相場は大戦中は非常に高かったが、平和になるとともに急激な値下りを示した。星はこの反動的な安値をのがすべきでないと思い、自社に許された年間一万五千ポンドをまず買いつけた。

しかし、これだけの利用ではあまりに惜しく、大正八年に賀来台湾専売局長が上京した時、意見をのべた。

「やがて、相場は必ず上昇します。このさい、予算の節約のためにも、専売局は数年分をまとめて買っておいたらいかがでしょう……」

星は安値である根拠を資料にもとづいて説明した。精製モルヒネの相場から逆算しても安い。過去二十年間の阿片相場の高低のグラフはこの通りであり、買い時であることを示して下降している。

賀来はひとつひとつまじめに聞いてくれたが、首を振って答えた。

「話はよくわかった。理屈としては、はなはだけっこうなことだと思う。たしかに、総督府のためにもなることだろう。しかし、総督府は商事会社ではないのだ。緊急事態とでもいうのならべつだが、投機的なこととなると予算は出せない。ここをわかってもらわなければならぬ。つまり、値上りしたら、それに応じた予算を計上し、それで購入する以外にないのだ」

話しながら、賀来は残念そうな表情だった。そこで星は言った。

「それでは、年度がかわって予算の支出が可能になりしだい、つぎつぎに納入させていただくことにして、いま私が大量に買付けておくというのはいかがでしょう。専売局は、時価より安く購入できることになります」

「ということは、きみの社が総督府の予算を立替えようというのだな。なんでまた、そのような気になったのだ」

「国家がみすみす外貨のむだづかいをするのを、見ていられないからです。また、台湾の専売局にはいろいろとお世話になっており、そのご恩がえしの意味もあります。もちろん、それと同時に、払い下げていただく粗製モルヒネの価格も安くなるわけで、当社の利益ともなることです」

「まあ、いずれにせよ、予算の支出をへらしてくれる好意には感謝する。できるものなら、やってみてくれ」

星は同意を得て、大量の阿片《あへん》の買付けにとりかかった。一方、各官庁をまわり、税関内の保税倉庫に置くのなら違法でないことを確認した。かくして、横浜の保税倉庫に、トルコ産の阿片がつぎつぎと運びこまれ、大量の在庫ができた。なお、保税倉庫とは、輸入手続き未済の貨物を、しばらく蔵置しておく場所のことである。ここにあるうちは、関税をはじめ一切の税がかからない。貿易奨励のためにもうけられた制度で、商社は商況の変化に応じて、輸入するか他国に転売するかをきめることができる。

星にとって、自社で精製するにしても、専売局に納入するにしても、安い原料の確保ができているということは、大きな安心感だった。資金がねることにはなるのだが、それを計算に入れても、まだ安いと思ったのだ。

それが二年後において、まったく逆な結果となってしまうとは、星は想像もしなかった。

大正十年の夏のこと。

なんの前ぶれもなく、横浜税関から星に通知状がとどけられた。「保税倉庫内に阿片を置くのは違法であるから、至急に処分してもらいたい」という内容だった。星はこれを読み、まず驚き、つぎにふしぎに思った。さっそく出かけて、横浜税関長に会って言った。

「こんな通知を受け取りましたが、なにかのまちがいではないのでしょうか。第一、保税倉庫内に阿片法が及ばないことは、関係官庁に何回も念を押し、こちらにおいても了解ずみのことです。だからこそ、私も大量に原料阿片を買ったのです」

「あなたの言いぶんはもっともだ。しかし、通知状の内容はまちがいではない」

「わけがわかりません。そもそも、この品は外国に転売してもうけようというのではなく、台湾専売局の予算節約を目的としたものであることも、ご存知のはずです。それに、至急に処分せよとおっしゃられても、最近、阿片は国際的な統制品になり、簡単に売りにくくなってしまいました。この事情もおわかりでしょう」

「なにもかも、あなたの言う通りだ。じつは、税関としては今まで通りでさしつかえないと思っている。しかし、阿片法となると内務省の管轄《かんかつ》だ。そこからの指示となると、当方としてはどうにもできない。内務省に交渉して、了解を得てきてほしい」

税関長の口調は同情的だった。だが、官吏としての立場からは、自分の意志で権限外の行為をするわけにはいかない。これ以上ここで問答をつづけても意味がないのだ。

以前のキニーネさわぎの時と同様に、星はまた、官庁という迷路のなかをかけ回りはじめなければならなかった。そして、今回は前回にくらべ、はるかに複雑で、はるかに手ごわかった。

まず、内務省の衛生局へ行った。局長は、待ちかまえていたといった態度で迎えた。星も自分がこの部門からきらわれているのは充分に承知していた。しかし、言うべきことは主張しなければならない。正しいことは、好ききらいと関係なく通るはずだ。

「現在までのことは、こちらをはじめ、すべての関係官庁に逐一報告し、その承諾のもとにやってきました。トルコから安い阿片を輸入する道を確立した点については、衛生局からもおほめいただいたではございませんか。税関への通知書の撤回をお願いします」

「それはできない」

「では、急にこんなことになった理由を、お教え下さい」

「じつは、少し前のことだが、ある貿易会社が神戸税関の保税倉庫に置いておいた原料阿片を、支那へ運ぼうとした。それが英国の官憲に発見され、大使から外務省へ強い抗議があった。そのたぐいの事件が今後おこるのを、防止するためにやったことだ」

局長はいちおう用意していたらしい理由を、もっともらしく告げた。しかし、星はなっとくせず、反論した。

「英国のうるさいことは、私も身をもって体験し、よく知っています。したがって、支那に運ぶといった無茶なことをするわけがありません。それにこの大量の阿片は、前にもご説明したように、台湾の専売局へ納入するための品です」

「それはそうかもしれないが、きみの社がそれを支那に絶対に売ろうとしないという保証は、ないではないか」

「しかし、最初は合法だとおっしゃり、あとになって違法だとおっしゃられては、困ってしまいます。不法なら不法だと、なぜ早く……」

と星はねばった。局長はここにすわりこまれては迷惑だとばかり、用意しておいた言葉の第二弾をはなった。

「大臣に事情を説明し、了解を得てくれれば、それに従ってもいい」

こう言えば星も引っ込むだろうと思っていたのだ。だが、星は内務大臣の部屋に出かけ、面会を強く求めた。会議を中座してきた大臣は、星の話を聞くと、忙しげな口調でこう答えた。

「わしの考えでは、税関の保税倉庫にまで、阿片法は及ばない。政治とはそんなしゃくし定規なものではない」

「それでしたら、通知の撤回をお願いします」

と星は元気づいたが、大臣は答えた。

「あまり細部の事務的なことに、大臣はそう口出しすべきではない。大局的な問題ならべつだが、小さなことまで、いちいち大臣が指示していたら、行政がとどこおってしまう。まあ、衛生局長によく説明して、その了解を求めてこい。役所のなかでは、それなりの道を通して決裁せねばならぬ。聞くところによると、きみの社はどうも衛生局に信用がないようだから、誤解をとくため、ていねいに説明したらすむことではないかな」

星はふたたび、衛生局へと戻らなければならなかった。

「大臣の意見をうかがってきました。担当のこの局が承知して下さればいいとのことです。ぜひ、お願いします」

「そうしてやりたいのだが、あの通知書には、すでに大臣の印が押されてしまっている。となると、ここではどうにもならないのだ。大臣の権限によるしか方法はない」

局長は表情をかたくして言った。彼は心のなかで、以前のキニーネさわぎの苦汁を味わいなおしていたにちがいない。あの時は星のおかげで、決定をくつがえされ、局長は恥をかかされてしまった。今回は決してゆずれない。万一ゆずることがあるとしても、それは大臣の責任でやってもらわねばならない。

星はまたも大臣室へと足を運んだ。羽子板でつかれている羽根のようだった。衛生局でのいきさつを報告してから言った。

「大臣の力で変更できるそうです」

「いや、あれから書類を調べてみたのだが、これは大蔵省や外務省の管轄とも関連していることがわかった。両省へ行って了解を求めてくることだな」

さっきとは風向きが変っていた。星が衛生局へ戻ったあいだに、だれかが入れ知恵をしたのかもしれなかった。決定の軽々しい変更は、省の体面にもかかわり、大臣としても人気を下げることになりましょう、とか。

念のために、星は次官を訪れてたしかめてみた。やはり大臣と同じく、大蔵、外務両省の了解をもらってこいと言う。この種のことは官庁間でやってくれるべきことで、民間の者が走りまわるのは筋ちがいだ。星は文句を言いたくなったが、ここで怒ってはと思い、それに従うことにした。

了解というものは、幻の鳥のようだ。あちこちと飛びまわっていて、つかまえるのは容易でない。追えば限りなく逃げるし、といって、待っていても寄ってきてくれない。

　運動費という潤滑油をしかるべき個所に注入すればいいのだろうが、それなしだと、歯車はからまわりをつづける。

　大蔵省へ出かけ、お力ぞえを願いたいと言うと、こう告げられた。

「保税倉庫内に阿片法は及ばないというのが、大蔵省としての見解だ。だからこそ、前にはそう回答した。阿片法にそのことを明記しておけばよかったのだ。しかし、あいまいな部分があるとなると、阿片の監督官庁の主張を尊重しなければならない。気の毒なことはよくわかるが、これはやはり内務省の了解を得たうえでないと……」

　了解はここにも存在しなかった。外務省へも寄ってみたが、やはりこんな返答だった。

「あなたが苦しい立場に追込まれたらしい点には、大いに同情する。保税倉庫に国内法が適用されるというのは、外国にも例のないことだ。安心して貿易もできなくなる。あの阿片法というのが、そもそも即製のもので、いいかげんな個所が多い。しかし、内務省にはっきり主張されたら、外務省としてはなにもしてあげられない」

「なんとか方法はないものでしょうか」

「ないな。内務省が今までみとめていた、保税倉庫内の阿片所有を不当と変更したのなら、その品は政府が買上げて補償すべきが当然だろうと思う。外務省の管轄下でそのたぐいがあったら、もちろんそうする。しかし、阿片法となると内務省のやるべきことであり……」

声をからし、迷路を歩きつづけたのだが、結局もとの振出しへ戻ってしまう。内務省の衛生局である。しかし、星が各省を巡礼しているあいだに、衛生局は準備をととのえ、新しい理由をさがし出して待ちかまえていた。それはこうだった。

「以前には承認していたことを、急に変更し、あなたの社は不満かもしれない。しかし、やむをえないのだ。戦争が終り、パリ平和会議により、国際間の麻薬統制法ができた。大正十年の一月より、その実施を厳重にしなければならなくなったのだ。監督官庁としては、その方針を進めなければならない。国のためでもある」

「国際間の麻薬統制法のことは、存じております。だからこそ、原料阿片の処分も急にはしにくい状態にあるのです。それなのに至急に処分せよと命じられても、困ってしまいます。もう少し民間の立場を理解していただきたいと思います。また、相場の変動をねらって巨利を博そうというのではなく、国のためにと考えてやったことです。それに対する処置としては、あまりにもひどすぎましょう」

「だが、国際間の取りきめとなると、それには従わなければならぬのだ」

「それも筋が通りません。問題の原料阿片は、その制定よりはるか以前に購入したものです。疑問をお持ちなのでしたら、その条文をお示し下さい。過去にさかのぼって取締ると出ておりましたでしょうか」

星は例によって声を高め、激しい口調になってしまった。しかし、局長はあくまで高飛車だった。

「条文など検討している時ではない。ここまできては変更できない。だめだ。帰って、よく考えなおしてきたまえ」

交渉は決裂状態となった。局長は断崖《だんがい》を背に立っているごとく、問答無用で一歩もゆずろうとしない。

星は会社にもどり、どう対処すべきかを考え、みなとも相談した。いろいろの意見が出たが、それを要約するとほぼ三つになった。

第一は、運動資金をばらまき、それによって局面を打開する方法である。資金がないわけでもなく、自分にまかせればうまく運んでやると話を持ちかけてくる政治家もあった。だが、最も星の性格にあわないことだ。そのうえ、販売店や社員を集めての話の時にはいつも「いかなる事業にも、その基礎には道徳的正義がなければならぬ」とか「各員は本社の事業にプライドを持て」とか主張している。金銭で役所を動かそうとしては、その主義が宙に浮いたものになってしまう。

第二は、行政裁判所に訴えて、阿片法が税関の保税倉庫内にも及ぶかどうかについて、判決をあおぐ方法である。星は今まで、なにもかも各官庁の承認のもとにおこなってきた。それを立証する書類も証人もある。

また、各官庁をあらためて回ってみて、衛生局以外においては、税関の独立性を支持する見解の持ち主の多いことも知った。承諾のもとにやらせておいて、予告も猶予《ゆうよ》も補償もなく一片の通知状で違法とされては、あまりにひどい。勝訴になり、通知書を撤回させることができるにちがいないと信じた。これによって、民間人が泣き寝入りをしなくていい実例を社会に示したい。

星は弁護士に依頼し、この件の調査をはじめさせた。しかし、うわさがどこからか伝わったとみえ、衛生局から「行政訴訟などをおこしたら、あとでためにならぬ」という、おどしめいた意見がもたらされた。当局も、ただならぬ覚悟を持っているらしかった。

第三の道は、要求に従うことである。知人や社内の者と相談したあげく、ここに落着した。星としては耐えられぬことであり、自分がどうなっても、あくまで争いたい決意を持っていた。

しかし、監督官庁を敵にまわして戦うのである。敵は権限という強力きわまる武器を持っている。死にものぐるいになれば、恥も外聞もなく、あらゆる手を使っていやがらせをはじめることも予想される。

発足当時の小会社だったらそれもいいだろうが、いまでは多数の販売店や株主まで巻きこむことになる。関係者たちの生活の点をあげて忠告されると、考えざるをえなかった。

自己を偽るような、気の進まぬ思いだった。星ははじめて譲歩をした。そして、これが後日、なぜ断固としてあくまで争わなかったのかと、後悔する種にもなるのである。人生においてふと訪れる、魔がさした瞬間とでも呼ぶべきものなのであろう。星はのちに「妥協は悪魔なり」という文句を、よく叫んだ。それを口にするたびに、この時の苦い思い出がよみがえってくるのだった。

星は感情を押え、内務省衛生局に出かけ、指示に従うと申し出た。すると、支那以外の国に売って処分せよ、と命じられた。支那に売ると、すぐに英国からうるさい抗議がくるからである。

処分を決心したからといって、国際統制品となったため、売却の相手は容易にみつからない。また、相場も運わるく下りぎみだった。そこへもってきて大量に一時に売ろうというのだから、まともな商売とは呼べない。しばらく待てば相場の上昇も確実なのだし、少量ずつ売れば損失も少なくてすむ。以上の理由をあげて嘆願したのだが、一刻の猶予もできないという。

通知書の内容そのものは、百歩ゆずって考えれば、理があることかもしれない。しかし、星が大量に買い終り、売却先が少なくなり、相場が底をついた時期をねらって、突如として強行しようというのである。星を窮地に追いこむだけが目的だったのだ。

9

星は原料阿片の売却先を熱心にさがし求めた。以前には手をつくして買い求めた品なのだが、いまや反対の行動をとらなければならなくなってしまった。

そのうち、横浜の貿易会社の仲介で、ロシアのウラジオストックにあるヤグロ商会との商談がまとまった。ロシアは麻薬統制の条約に束縛されていないので売却が可能だった。

しかし、商談がまとまったはいいが、ロシア人の悠長《ゆうちょう》さのためか、現金調達に手間どっているのか、なかなか引取りにやってこない。こっちはいらいらするが、強くさいそくもできない。いやなら他国に売るとは言えない状態なのだ。

気をもんでいるうちに、年末になったころ、やっと当事者が来日した。そして、第一回分として百箱分の代金を受取り、無事にウラジオストックに送ることができた。つづいて第二回目として、九十七箱分の代金も受取った。このぶんだと、順調にさばくことができそうだ。星は気ばらしの意味もあり、その貨物船の出航を見に横浜港まで出かけた。自分の目で確認したい気にもなっていた。

大正十一年の二月九日、政府の命令航路の交通丸である。冬の海を去ってゆく船を眺めながら、星はいいようのない気分だった。国のためにと思っておこなった努力が、なんら成果もあげずに波のかなたに消えてゆくのだ。成果がないばかりか、底値で手放させられたため、損までしている。

しかし、頭を悩ました問題も、これでいちおう解決への見通しが立ったのだ。衛生局もロシアに売るのならかまわないと承諾してくれた。税関その他の輸送許可書もそろっているし、ロシア政府の輸入許可書もある。第一回と同じく、無事に目的地に届くはずだ。たとえ途中で沈んだとしても、保険がつけてある。星は肩の重荷が軽くなってゆくのを感じ、つめたい潮風を深く吸い、大きく吐いた。

しかし、その第二回目の九十七箱は、期待したような形でウラジオストックには届かなかった。交通丸が途中、小樽に寄港した時、小樽水上警察署によって船内が捜索された。そして、阿片《あへん》を発見し、このような品を積んでの出港は許可できないと、貨物を差押えてしまったからであった。

この知らせを受けた星は、驚いたり不審を抱いたりするより、第一にあわてた。やっとさがし出した買手、ヤグロ商会との契約がなんとか軌道に乗りかけたという際だ。その履行に支障がおこったとなると、今後が思いやられる。損害金を要求されるかもしれないし、次回はさらに値切ってくるかもしれない。

大至急で小樽水上警察署に問合わせると、こんな理由を回答してきた。

「積荷を調べると、原料阿片があった。内務省に連絡してみると、輸出許可を与えたものではないとのことだ。そのため、万全を期して差押えた。警察としての立場上、そうせざるをえない」

ひどい手ちがいだ。星はとるものもとりあえず、内務省衛生局へかけつけ、依頼した。

「あの原料阿片の積出しはさしつかえないと、早く小樽に電報を打って下さるよう、お願いします。それによって、小樽水上警察署も了解してくれるはずになっております」

「いや、それはできない」

「できないとは、どういうことなのです。小樽からの連絡に対して、輸出許可を与えたものではないと衛生局が答えたのは、なぜでございますか」

「輸出の許可については、衛生局の管轄ではないとの意味を伝えたのだ」

そして、例によって、大蔵省へ行け、外務省へ行けと言う。意地悪さのあふれたこの返事に、星はたちまち激論をはじめた。一刻も早くウラジオストックに送らなければならず、ゆっくりした話しあいはしていられない。

そもそも、むりやり処分を命ぜられたのだ。それに従って仕方なく売った品ではないか。できるだけの便宜をはかってくれるのが当然だ。便宜とまではいかなくても、妨害さえしてくれなければいい。

「こんなばかなことがあるでしょうか。処分を命じておきながら、輸送はいけないというようなことをおっしゃる。苦心して買付けた阿片を、海へでも捨てればご満足なさるのでしょうか」

星は熱気をおびた口調でしゃべりつづけ、役人はぞっとするような冷たい口調で答えた。

「とにかく、ここの局ではどうしようもないのだ」

いじめることを楽しんでいる表情があった。星が行政訴訟をあきらめ、処分にとりかかり、一歩しりぞいたのを見て、かさにかかって強圧を加えている感じだった。

内務省がひそかに裏から手をまわして、小樽で差押えさせたのにちがいない。そうだとは断定できないが、水上警察がすべての船をくわしく調べているはずはない。また、偶然にしてはうまくできすぎている。なんらかの力が働いたとしか、考えようがない。

衛生局と果てしない押問答をくりかえしているうちに、時間がたった。定期貨物船である交通丸は、いつまでも小樽にとどまってはいられない。問題の阿片だけを港に陸あげして出港していった。

またまた、星は各官庁という暗い森のなかを、了解を求める叫びをあげながら、走りまわらなければならなかった。そして、いままでと同様、同情ある言葉だけが反響となってかえってくる。しかし、具体的なこととなると、衛生局の当事者に遠慮してか、手を貸してくれない。なわ張りを区切る透明な壁が、厳然と存在しているようであった。

現物を早くヤグロ商会に渡したいのだが、小樽から動かすことができないのだ。

まもなく星は、東京地方裁判所の黒川検事から出頭を命ぜられた。警察が差押えたからには、検事局としてもそのままにはしておけないからである。

出頭するのは阿片部門の責任者でもいいとのことだったが、星は自分で出頭した。担当の安楽はおとなしい性格であり、いささかまいってもおり、意をつくせない答をしたら解決が長びいてしまう。

誤解をとくため、星は何回も足を運び、事情をしるした書面をも提出した。星はこでもひと議論やらねばならないかと、最初は大いに緊張していた。しかし、意外にも黒川検事は先入観を持たない親切な人で、星の苦境を理解し、調査を急いでくれた。不起訴に内定したという情報も、早く知りたいだろうからと、電話で連絡してくれたほどだった。星はこれには感激した。役人のなかにも民間人に対し、親身になって考えてくれる人があったとは。しかもそれが、世間からは犯罪者製造人のように見られている検事とは……。

不起訴の決定にもとづき、外務省から小樽税関に通達が出され、ふたたびウラジオストックへ輸送できることになった。衛生局が小樽水上警察署へ返電で便宜をはかってくれさえすれば、数時間もかからずに片づいたことだ。それなのに、このまわりくどい解決のため、三カ月の日時が空費されてしまった。

星は、かつてペルシャから原料阿片を輸入しようとし、インド寄港の時に英国にじゃまされ、一年ちかく空費したことを思いあわさずにいられなかった。あれも不愉快な事件だったが、その根本にはなっとくできるものがあった。

英国のやり方は理不尽とはいえ、自国の権益を保護しようとして、巧妙に連絡をとりあって外国を妨害した行為である。それにくらべ、小樽での出来事は、国の利益などそっちのけで、ただただ自国の民間人をいじめ抜いただけのことなのだ。

星はまた、コロンビア大学時代に聞いた講義のなかの、こんな文句を思い出した。

〈フランスの政府には、民間の事業の勃興《ぼっこう》をねたむ傾向がある。したがって、フランスの植民地は繁栄しない。これに反し、イギリスの政府は一致して、自由な民間の事業活動を助ける。そのため、植民地の産業が栄えている〉

日本の官吏にも、フランスのように民間の活動を嫉妬《しっと》する傾向があるらしい。それだけならまだしも、衛生局には星への復讐心《ふくしゅうしん》がくすぶっている。また、裏にはそれをあおる力も存在しているのだ。

今回の事件で、彼らはその復讐心を満足させ、いい気分を味わうひとときを持てたかもしれない。しかし、被害者の星にとっては、一時的なことではすまなかった。これで派生した災難が、限りなくふりかかってきた。

まず、新聞に事件が報道されたことである。ここに至る裏の事情などは、一般に知られていない。小樽で阿片が警察に押えられ、星が検事から出頭を命じられた。なにか不正があったからではないかと記者が書き、読者がそう受取るのも無理のないことであろう。

しかし、企業をやっている者にとって、この種のうわさは、金額に換算できないほどの大きな損害となるものだ。検事が調査した結果、不起訴と決定したというのは報道価値がないし、記事になったとしても小さく扱われる。読者は興味を持って読まないし、目を通したとしても、心の片すみに植えつけられた警戒心をもとの白紙にもどしはしない。

また、ヤグロ商会への信用も、少なからず失った。現金を先払いして買った品が、約束の期日に入手できなかったのだから、当然のことだろう。相手は不安を抱きはじめ、現金を持ってきての買付けをためらうようになった。第三回目の交渉が、なかなか進まない。

それに対して、くやしいことに弁解ができないのだ。外国人にむかって自国の政府を批難し、履行のおくれた口実にするわけにはいかない。もっとも、説明したところで、あまりの非常識さと複雑さとで、どこまでわかってもらえるだろうか。不信の念は、星ひとりで引受けなければならなかった。

このヤグロ商会とのあいだの支障は、べつな方面へと問題を波及させた。

横浜税関長は星を呼んで言った。

「あなたにひとつ注意をしなければならない。保税倉庫法の第七条には、貨物の蔵置期限は庫入の日より満二カ年とす、と記されている。あなたの社の原料阿片のなかには、そろそろその二カ年になる品がある。つまり、もうここには置いておけないのだ」

星はまたも難関かと、内心うんざりしながら聞いた。

「なにか便法はないのでしょうか」

「最初のつもりでは、期限がくれば形式的に神戸なり、他の港なりの保税倉庫に移せばいいだろうと判断していた。ほかの商品では、よくその便法を使っている。法則を強引に適用し、貿易の損失をひきおこしたところで、税関として面白いことではないからな。しかし、阿片法がこんな形勢になってくると、ここの独断でいいかげんなことはできなくなる。期限のきた品を、なんとかしてもらわなければならない」

「待てないとおっしゃられても、私はもう身動きできない形です。仕方ありませんから、海のなかへでも捨てていただきましょうか」

しかし、税関長は好意的に知恵を貸してくれた。

「私はべつにあなたをいじめるつもりはない。公然と指示したとよそで話されては困るが、台湾の税関に相談してみたらどうだろう。内地では、いつ横やりが入るかわからない情勢のようだからな」

「ありがとうございます。心から感謝いたします」

そういう方法もあったのだ。星はさっそく台湾の賀来専売局長に連絡してみた。この返事も好意的だった。そもそもここへ納入する目的で買付けた品であり、いずれはその予定なのだから、基隆《キールン》港の税関に移すのは歓迎する、とのことだった。賀来としても、自分に責任の一端があるわけであり、星の苦境を見すててはおけなかった。

その承諾を受け、原料阿片は横浜から基隆の保税倉庫へ移送された。さすがの星も、今回は神経質なほど慎重になり、官庁の手続きには極度に注意し、手落ちのないよう努めた。星をおとしいれようとする目が、どんな小さなことも見のがすまいと、どこでにらんでいるかわからないからだ。

そして、年度がかわって総督府から買上げ予算が支出されるのを待ち、一方ではヤグロ商会との話の進行を待つという態勢をとった。衛生局のいやがらせも、総督府の権限下までは及んでこない。やっと安心して息をつくことができた。

しかし、ひと息しかつくことはできなかった。これらの原料阿片の買入れ代金は、台湾銀行からの融資によるものであった。ために、その担保に入っている形だった。銀行関係者というものは、事件とかかりあいになることを、はなはだしくきらう。小樽で警察や官庁から干渉のあったことと、新聞記事になったこととで、金の回収を迫りはじめた。星がいかに大丈夫だと説明しても不安がり、事情はどうあろうと、早く売ってくれというのである。

原料阿片は不法の品であり、政府が無料で没収し、捨てるよう命令するかもしれない。こんなうわさを台湾銀行に伝えた者があったのではないかと思われた。

こうなると、商売だとか採算だとかいってはいられない。渋るヤグロ商会に泣きつき、むこうの言い値どおりで買ってもらわなければならなかった。きわめて安い値だった。この一連の阿片の件で、二十万円の赤字を出してしまった。もし、なんの事件もおこらず、相場の回復を待って売ることができたら、六十万円の利益があるはずだった。

日本の原料阿片を確保しようという星の計画は、さんざんな結末で終りをつげた。

しかし、星の手から安い原料をもぎとって一掃したことで、競争相手の業者はさぞ喜んだことであろう。

10

キニーネや原料阿片の問題で、星は陰鬱《いんうつ》な泥沼を、あえぎながら泳ぎまわらねばならなかった。こんなにもひどいものかと、つくづく思い知らされたのだった。しかし、暗い日々の連続というわけではなかった。むしろ、その他のことは、すべて明るさにみちていた。

人生にはだれしも絶好調の時期と呼ぶべきものがある。星はいま、その潮に乗っていた。会社の発展の勢いは依然としてとまらなかった。販売店の数はふえ、営業の成績も上昇している。他社もアルカロイド産業に手をつけはじめたとはいえ、技術面でも生産面でも、はるかに水をあけている。

だからこそ、同業者や官庁によるいやがらせが強かった。圧迫は膨張していることへの立証でもあった。膨張がなければ、圧迫はおこらなかっただろう。

大正九年に戦後の不景気が経済界をおとずれ、株価がいずれも暴落したが、星の会社に関してだけは例外だった。三割という高配当を着実に維持しつづけた。大正十年には増資によって資本金は五百万円になり、他の同業者をはるかに引きはなした。そして、さらに資本金をふやそうと準備していた。

星はアメリカで調査してきたことを応用し、独特の方式で増資をおこなった。普通の社のように一挙に増資をするのでなく、徐々に払い込んでもらう方法を採用したのである。

これは株主にも歓迎された。むりな金策をして、払込み資金をつごうしなくてもすむからである。また、会社側にとっても利点があった。一挙に増資をすると、会社は配当率を維持するために、利益をあげるのに苦しまなければならない。そのため、投機的なことに資金を流用し、かえって失敗する危険すらある。小きざみの増資のほうが、株主、会社いずれにも効率がいいのだった。

星はそれで集めた資金を設備の充実や完備にあてたのはもちろんだが、従業員のための施設もととのえた。診療所、託児所、幼稚園なども作った。食堂も作り、星は社にいる限り、昼食はそこでとった。

資金面から人の和まで、前進の態勢がとれていた。したがって、原料阿片の件で数十万円の赤字を出したとしても、致命傷になるようなものではなかった。

大正十一年の夏、ドイツ政府から星にあてて招待状がとどいた。さきに後藤新平のすすめでドイツの学界に寄付をした、二百万マルクへの感謝の意味である。星は安楽に相談した。

「このようなものが来た。どうしたものだろうか。ヨーロッパの現状を見てきたい気もするのだが」

「いい機会だと思うな。気ばらしをかねて行ってきたらいい。留守中のことはぼくがなんとかするから、心配することはない」

「たしかに、きみに任せておけば安心だ。しかし、阿片関係だけはくれぐれも注意してやってほしい。どこからどんな横やりが入るかわからないからな」

「もちろん、入念にやるよ」

「帰りにはアメリカを回ってこようと思う。ぼくたちがいたころにくらべ、どう進歩しているのか見てきたいのだ。おそらく、なにか教えられるものがあるにちがいない」

と星が言うと、安楽も当時をなつかしむ表情になった。

「ニューヨークのにおいをかぎたい気分になってきたよ」

「そのうち、きみも視察に行ってくるんだな」

そして星は〈ニューヨークの歩道〉という歌を口ずさんだ。へたな歌い方だったが、感情がこもっていた。青春時代を回想すると、それはニューヨークの光景につながってしまうのだ。

星は四名の社員をともない、八月の木に横浜から船で出発した。暑く長い船旅だったが、星は一日中、社員たちを相手に事業の能率化の方法を論じた。社員たちは逃げるわけにもいかず、いささかねをあげた。

ドイツに着くと、国賓待遇という破格の歓迎が待ちかまえていた。学者たちの感謝の会、エーベルト大統領主催の夕食会。ベルリン大学の歓迎会では、名誉学位を贈られた。戦後の寄付がよほど喜ばれたらしい。

これほどに喜ばれるとは、星も想像していなかった。いいことをしたなと思うと同時に、後藤新平の着眼の鋭さに、いまさらながら感心した。

しかし、歓迎会の雰囲気のなかに、どことなく徹底しないもののあるのに気づいた。それとなく事情を聞いてみると、せっかくの二百万マルクも驚異的なインフレのなかで、ほとんど価値を失いかけているためとわかった。星はそれを知り、今後三年間、インフレに影響されない邦貨で、二万五千円ずつの寄付をつづけたいと申し出た。ドイツ人の心からの拍手をあびながら、星はベルリンに別れをつげた。

星はフランスをへてロンドンに渡り、そこで世界的に阿片《あへん》を扱っているジャーデン・マジソン社の代表や、商務官のクロー卿《きょう》などとも会談する機会を得た。

阿片系薬品は、人類の医療のために神が与えた貴重な財産である。したがって、世界における流通機構を合理的に統一し、弊害を防止するため、各国はもっと積極的にならなければならない。それについての私見をのべ、原則的な賛成を得た。しかし、これ以上は星の権限ではなく、英国としても東洋の権益に関することであり、話を発展させるわけにはいかなかった。だが、日本についての誤解をとくには、いくらか役立ったようだった。

この旅行中、星は同行の社員に命じて、各国における国内阿片取締法の資料を集めさせた。出発前に、外務省と内務省からこの調査を依頼されていたためである。外務省はともかくとして、内務省衛生局のことを思うと、こころよく引受ける気になれたものではない。しかし、大局的な見地からは、勝手なことだと断わるわけにもいかない。星は手に入れた資料をすべて、料金を惜しまず電報で本国に知らせた。近く開催される予定の、国際阿片会議にそなえて、外務省がとくに急いでいることを知っていたからだ。

国際会議にのぞむには、国内にこれだけ完備した取締法があると示さなければならない。しかし、日本には台湾を除いて阿片吸引の風習はまるでなく、どんな法律を作ったものか見当がつかない状態だった。出先の外交官の手にもおえず、アルカロイドにくわしい星にたのまざるをえなかったのだ。星は報告書にそえ、参考にと自分の意見を書き加えた。

大西洋を越えると、大戦の疲れの残るヨーロッパとは対照的に、一九二二年のアメリカは、好景気で活気がみなぎっていた。二年前に禁酒法が発効してはいたが、国じゅうが酔っぱらってでもいるような熱気があった。さわがしい音楽があり、ベース・ボールやボクシングが人びとの関心の的であった。だれもが繁栄と享楽《きょうらく》を求め、みながそれを手にしている。とくにニューヨークでは……。

星はいささか幻滅を味わった。青春をすごしたころには、ここには清潔な生活態度と、明朗な活動的な精神があったのだが、その影はだいぶ薄れてしまっている。そんな反発が手伝ったためか、星はこの浮わついた異常な好況は長続きしないのではないかと直感した。また、それに対処する心がまえも欠けているように思えた。

「アメリカへ着いての感想はどうだ」

星は同行の社員たちに言った。彼らは耳なれぬジャズの音や、派手な色彩やスピードのある動きに目をみはりながら答えた。

「はい。なにもかも、驚くことばかりです。いずれは日本も、このようなことになるのではないかと思います」

「いや、これはいずれ行きづまり、日本に及んでくるのは、強い不景気の波にちがいない。帰国したら、販売店たちに貸売りの慣習をあらためるよう教育するつもりだ」

「そうでしょうか。このにぎやかさが静まってしまうとは、とても信じられませんが」

「必ず不況が来ると断言しているわけではない。そんな気がするだけのことだ。しかし、不景気への対策を用意しておけば、それに越したことはないではないか。きみたちは市内の各商店をまわって、飾り窓や陳列台などの改造についての調査をやってくれ。そのほか、商品を安く大量に売るための方法に関連したすべてを、よく研究しておいてほしい」

「はい……」

社員たちはなっとくしにくいような顔つきだったが、命令となれば従わなければならない。真剣な目つきで街へと出ていった。いいかげんな報告だと、ホテルへ戻った時に星に突つかれ、どなられてしまう。

このようなざわめきにあふれたニューヨークにも、以前と変らぬ静かな存在があった。星はロックフェラー研究所に野口英世《ひでよ》を訪れた。野口は星より三歳若いが、いずれも福島県出身の同県人であり、また、苦学時代における友人でもあった。

このころの野口はパナマ地帯の黄熱病をはじめ、中南米の風土病究明のため旅行が多かったが、この時はニューヨークにおいて匍行症《ほこうしょう》の研究ととりくんでいた。それがうまくはかどらず、彼はいらいらした毎日だったが、星の訪問で久しぶりに気ばらしの時間を持てた。

二人は手を握りあい、星は野口に言った。

「野口君も、いまや世界的な名士となってしまったな。ゆうゆうたる心境で毎日の仕事を進めているのだろうな」

「とんでもない。やらねばならぬ研究、やってみたい研究というやつは、限りなくでてくる。大ぜいの助手を使う方法もあるのだろうが、ぼくの性分で、自分で直接に取組まぬと気がすまない。だから、忙しい点では昔と少しも変りがないよ。あの、フィラデルフィアにいたころと同様に……」

野口には、渡米してまもなくのころだが、フィラデルフィアで大学の助手をしていた時期があった。たまたま、その町に日本人びいきの老婦人がいて、月に一回、日本人だけのパーティーに自宅を提供してくれた。

　星と野口とはそこで知りあい、どことなく気があって、たちまち親密になった。それ以来、星はフィラデルフィアの近くに来た時には、必ず野口の下宿の部屋にとまりこむことにした。そこには古いが大きなダブル・ベッドがあり、二人はそれに寝そべり、夜おそくまで話しあったものだった。

　星は当時のことを思い出しながら言った。

「そうそう、フィラデルフィアのころには、きもをつぶしたこともあったぞ。そばに寝ていたきみが、夜中に不意にベッドから起きあがり、外へ歩き出したのだからな。てっきり、研究に熱中しすぎて夢遊病にでもなったのかと思った。あとで、病原菌を注射したウサギの体温を、一定時間ごとに測定するために出かけたのだと知って、ほっとしたよ」

「つまらないことを、よく覚えているな。それはそうと、ぼくが大正四年に、学士院の恩賜《おんし》賞をもらうため帰国した時には、きみに旅費を作ってもらった。じつにありがたかった」

　その当時、野口は渡米十六年、老いた母にも会いたかったし、故国に錦《にしき》を飾りたかった。しかし、名声は高くても、彼は金銭に恬淡《てんたん》な性格のため、少しも金の用意がなかった。野口は星に〈カネオクレ、ハハニアイタシ〉と電報を打ち、星はそれに応じて送金をしたのだった。

「いや、あの金はきみのために出したのではない。きみの母上のためにしたことだよ。また、きみのあの時の帰国によって、日本人も学問への尊敬ということを感じはじめたようだし、努力さえすれば世界的な業績をあげうる国民だとの自信も持てた。金のことは気にせず、研究に精を出すべきだな」

「しかし、あの時のお礼をしたい気分だ」

「そんなことを言ったって、きみは依然として金銭に淡白だし、ニューコークの盛り場の秘密の場所を案内する知識もないだろう。もっとも、ぼくは酒を飲まないから、禁酒法の目をかすめてみても楽しくない」

「その通りだな。しかし、どうも気がすまない。ぼくにできるようなことで、なにか役に立ちそうなことがあったら、言ってくれ」

野口は困ったような表情で言った。星はしばらく考えてから言った。

「そうだな。できるものなら……」

「なんだ。遠慮なく言ってみてくれ」

「ちょっとでいいのだが、エジソンに面会できないものだろうか。あれだけ多くの発明をなしとげた人物に、拝顔しておきたいと思っていたのだ」

「なるほど、それならなんとかなるかもしれない。知りあいの学者を通じて連絡をとって、つごうを聞いてみるよ」

さいわい連絡がとれ、星は野口とともに約一時間、エジソンに会うことができた。この発明王は七十七歳になっていたが、白髪と、夢想家の目と、実際家の口もとを持つ、元気にあふれた人物だった。彼の口からは、早い口調で言葉が流れ出した。

エジソンは現在もなお、蓄音機や電池の改良に専心していることを語り、さらに今までとはまったくことなる分野へ挑戦しようとしている夢を展開した。フォードの依頼により、ゴムの問題を手がけているという。ゴムはアメリカ国内で産出せず、その供給の不安定を解決するため、同じ性質を持つ、ゴムにかわる物質を発見してみせるつもりだとしゃべった。そして、こうつけくわえた。

「利益よりも、まず公共のことを考えなければ物事はうまく運ばない。私は人類のために新しい富、新しい道具、新しい産業を創造しようとして働いているのだ」

話し好きな偉大な老人に、きげんよくまくしたてられては、星も野口もあまり口をはさめなかった。エジソンは別れぎわに、大きな自分の写真にサインをして二人に手渡してくれた。それには、名前のほかに〈成功しない人があるとすれば、それは努力と思考をおこたるからである〉と書かれてあった。

その帰途、星は感激しながら野口に言った。

「おかげで心に残る思い出ができた。この旅行での最大の収穫だ。それに、この写真はいい記念になる。すばらしい文句じゃないか」

「エジソンの偉大なことはいうまでもないが、この文句にはそれほど感心しないな。当り前のことのような気がする」

「それは、きみが研究の鬼だからだよ。また、アメリカでずっと生活していると、ありがたみがわからないかもしれない。しかし、世の中には努力もせず、思考もせず、それでいて成功への欲望だけはむやみと強い人間が多いものだ。とくに日本には、残念ながら……」

星は同業者や官庁から味わわされた苦汁の話をしようかと思ったが、それはやめた。野口に話したところで、どうなるものでもない。それに、この旧友の故国の欠点を語り、いやな思いをさせ、研究をさまたげるようなことをしてはならない。

星は大陸を横断し、かつて世話になった人びとの家を訪れてあいさつをしながら、西海岸へ着いた。そして、サンフランシスコから帰国した。

外遊中の見聞を、星は社員たちや特約店の者たちに講演した。その部屋の壁にエジソンの写真をかかげ、発明王の限りない冒険心について話した。

「努力と思考以外に、成功は得られない。近い将来に大きな不景気が来るのではないかと思われるが、それを突破する方法も、また努力と思考以外にはない。不景気を迎えうつ覚悟をかためてもらいたい。本社においても、いずれ画期的な新分野についての、事業計画を発表するつもりだ。その際には、ぜひ協力をお願いしたい」

新事業とはいっても、べつに具体的な案を持っていたわけではない。しかし、人を引きつける方便だけでもなかった。将来性のある仕事の、大きなアイデアがわいてきそうな強い予感があったのだ。エジソンと対面したことで触発されたのかもしれなかった。また、不況への対策が緊急の問題のように思えてならなかったのだ。

その漠然とした意欲は、しだいに形をとってきた。冷凍工業である。欧米旅行で得た知識を整理し検討しているうちに、この産業が有望のように思えてきたのだった。

欧州大戦中の食料難が刺激となったためか、各国とも食品の冷凍保存に関心が高まりつつあった。新しいもの好きのアメリカでは企業化もなされ、冷蔵庫が一般に普及しはじめていた。

食品関係の生産、加工、販売の面で、これによって革命的な変化がもたらされるにちがいない。アメリカでは農産物が目標となっているが、わが国では漁業に重点をおけば、さらに有益だ。大漁や不漁の調節もなされ、価格も安定し、むだが少なくなる。また、薬品への応用もあるはずだ。

星は冷凍機の存在をこの時はじめて知ったのではなかった。アルカロイドの精製過程では冷却がおこなわれるし、本社のビルの一階ではアイスクリームを販売し、なかなかの好評だった。そのため、外国旅行中、効率のいい冷凍機に注意しているうち、そこに秘められた将来性に気づいたというわけでもあった。

星は研究部員たちに冷凍事業の調査を命じ、思いついたことがあったら遠慮なく提案せよと言った。それに応じ、いくつかの案があらわれた。なかには、酒の冷凍を試みたものもあった。日本酒を低温にし、水分だけ凍らせて除くのである。度のつよい、こくのある酒ができた。燗《かん》をするとくどすぎるが、ひやして飲むと独特の風味があった。

「なにかいい名をつけていただきたいと思います」

と、その研究部員は言った。星はちょっと考えてから答えた。

「友成という名はどうだろう」

「優雅な感じがして、酒の名としては悪くありません。しかし、なんで思いつかれたけにはいかなかったが、知名人に贈呈することで、冷凍への宣伝効果はかなりあった。

いった。友成の商品名は登録され、試作品が作られた。大量生産して利益をあげるわ

すぐさま賞与が払われ、これが刺激となって、冷凍工業への社内の関心は高まって

「正宗《まさむね》の師匠の名だよ。しかし、このアイデアは面白い。特別に賞与を出そう」

のでしょうか」

つぎの年の大正十二年。星の予想した強い不況ではなく、べつなものが日本を襲った。九月一日の関東大震災である。地震そのものより、火災による被害のほうが大きかった。水道管の破裂によって消火が思うにまかせず、運の悪いことに風が強く、炎は三日間にわたって東京をおおった。

十万ちかい人びとが死に、数十万戸の家屋が焼失し、下町は焼野原と化し、悲惨をきわめた。東京に本社をおくあらゆる会社は、いずれも相当な損害をこうむり、多くの銀行の本店が焼け、兜町《かぶとちょう》の証券業者街も焼け、産業や金融は停止状態となった。しかし、星に関しては、それも最小限度に食いとめることができた。京橋の本社のビルも大崎の工場も、清水組による入念な建築であったため、地震による被害はまったくなかった。京橋のビルは内部に火が入りはしたが、上のほうの階でいくらかの書

類が焼けた程度にとどまった。

また、問屋を通してではなく、販売店へ直結した営業であったため、金融面や代金の回収で支障をきたすこともなかった。不景気にそなえ、現金決済の方針を主張し、それを実行しかけていたのが、思わぬ形で役立ったのである。

他の産業が苦しんでいるなかで、星の会社は平常と大差なく仕事をつづけ、その年の後半の営業成績が上半期を上回りさえした。従業員に対しては、震災で困っている者もあるだろうと、一律に二割の昇給すらおこなった。

その東京の混乱がおさまり、復興が進みはじめたころ、ドイツからフリッツ・ハーバー博士が来日した。空中窒素固定法を発見した化学者として知られ、日独間の学術交流を高めるための文化使節としてである。やせた、頭のはげた人物だったが、眼鏡の奥にはいかにも学者らしい理知に輝く目があった。

星は先般の訪独の際に、すでに博士とは知りあいになっていた。それどころか、博士は星の寄付金を管理する学術後援会の会長という地位にある。

ハーバー博士は星の会社を訪れ、たずさえてきた大統領からの親書を手渡した。内容はこうだった。ドイツが戦後の最も苦しい時期に、民族、国境、利害を越えて、友情あふれる援助の手をさしのべてくれた。寄付金は化学および原子物理学の研究に使わせていただくが、ドイツ国民はこぞって心からの感謝をささげるものである。

博士は星の工場を見学して言った。

「東洋のはての日本に、このように完備した製薬工場があるとは考えてもいなかった。ドイツは貴兄を応援し、東洋一の化学工場に盛りたててさしあげます」

ハーバー博士は、さらにゾルフ大使と後藤新平を通じて、ドイツ染料の日本における一手販売権を星におくりたいとの、ドイツ産業界の意向を伝えた。

ドイツ染料の優秀さは定評があり、莫大《ばくだい》な利益をともなう権利である。しかし、星は謝絶することにした。

「ありがたいことですが、それはいただくわけにまいりません。自分が好意でおこなった寄付が、反対給付を期待してのものだったことになってしまいます。その権利は、必要としている人に公平に分配してあげて下さい」

あいだに立った後藤新平は、驚いて注意した。

「おいおい、星君。少し欲がなさすぎるようだぞ。先方はくれるというのだし、もらっておいても損はないではないか。いまだから打ちあけるが、私がきみにすすめてドイツ学界へ寄付をさせたのも、このような結果をいくらか予想していたからだ。きみが同業者や官庁から、つまらぬことでいじめられているのを知っている。そのための力強い援軍になるではないか」

「しかし、私の信念が許しません。私は出来あがった品を動かして利益を得ることに、あまり興味がありません。事業への欲は、これから開拓する新しい分野で満足を得るつもりです。また、同業者や官庁と争うのに、外国のうしろだてでそれをやっては、筋が通りません」

「きみには妙に頑固なところがあるな。まあ、それもいいだろう。しかし、あとになって後悔するようなことがなければいいが……」

後藤はあきれた表情になった。それを告げられたゾルフ大使や関係者たちも、また理解に苦しんだにちがいない。敗戦後まもなく、日本という国の、いままでドイツとはなんの関係もなかった人物から、学界に巨額な寄付金がおくられた。ありがたいことはありがたいが、その真意がわからない。ドイツへ招待して観察すると、アメリカで学んだ、才能のある信用できる事業家のようだ。将来の提携を期待しての行為なのかもしれないし、その相手として適当のようだ。そこで染料の販売権をおくろうと申し出たら、いらないと答えられた。どういう心理なのであろう。

といって、星にも欲がまったくないわけではなかった。星はハーバー博士の案内役を買ってでて、西日本から北海道までいっしょに旅行した。そのあいだに、できうる限りの知識を博士から吸収してしまおうというつもりだった。

学問の将来、日本の産業の各地方における立地条件、その他あらゆる問題について、博士に意見を求めた。博士は時には理論的に、時には飛躍した発想をまぜ、こころよく語ってくれた。

「自然界は物を作るのに、酸もアルカリもエーテルも使わない。これからは物を作る時には、自然がいかになしとげているかを、まず究明すべきだろう。そこに最善で能率的な方法が存在しているはずだからだ」

日本の食料問題については、こんなことを言った。

「食料問題の未来は、決して悲観的ではない。この北海道を完全に開拓しただけでも、相当な量が生産できるだろう。また、材木のセルローズを食品化することも、科学の力で可能だ。さらに、ガス肥料といったものを発明すれば、米を年に五回は収穫できるようになるだろう」

ガス肥料とは空想的な言葉だが、空中窒素固定法を発見したハーバー博士の場合は、でまかせではなかった。空気中から窒素肥料が取り出せたのだから、逆に肥料を含ませた気体だってできるはずだというのである。

博士の口からは、さまざまな説が出てくる。星はそのあいまに、自分の計画中の冷凍工業について話し、助言を求めた。博士は大いに賛成し、はげましてくれた。

「うむ。それはいい仕事だ。食料関係のみならず、化学の分野でも新しい世界を切り開く武器になるだろう。植物や動物体のなかには、まだまだ未知の有効成分が秘められているはずだ。神はかずかずの宝を自然界のなかにかくし、ちりばめた。それをさがし出すのが人類の仕事だ。しかし、微妙な有効成分となると、それを破壊することなく抽出するのはむずかしい。熱や薬品ではだめな場合がある。その時、凍結させて乾燥させれば、きっとうまくゆくにちがいない」

「博士のお言葉で、自信がついてきました」

「私もできるだけの協力をしよう。帰国したら、低温の利用に関するドイツの資料をまとめて送ってあげよう。さらに、この方面で新しい研究や発明がドイツでなされたら、星君に優先的に提供するよう、関係者を説得してみよう」

ハーバー博士は好意あふれる言葉を残し、満鉄からシベリア経由で帰国していった。その途中、星に手紙を送り、滞日中の礼にそえてこう書いた。

〈日本も満州に手をのばして金をつぎこむよりも、もっと奉仕的な星の事業を国家が応援すべきだと思う〉

星は一段と勇気づけられた。だが、この手紙の話は、後藤新平にはしなかった。初代総裁として満鉄を育てた後藤が聞いたら、顔をしかめるにちがいない。

11

名前が高まるにともない、いろいろと思いがけない問題が持ちこまれてくる。星はここ数年、郷里の福島県の知人たちから、しばしば衆議院選挙への立候補をすすめられていた。しかし、そのたびに、多忙を理由に断わりつづけていた。

代議士になるのも、意義のあることだ。これについては、アメリカで政治学を学び、議会政治の運用についても実地に見聞しているだけに、一般の人以上によく知っている。だが、自分は事業に精力をそそぐと方針をきめてしまった。その関連の上に人びとを具体的に教育し、動かし、徐々に自己の理想を世に伝え広げたい。この今の行き方のほうが性にあっているように思えたのだ。これだと、舞台の上の俳優のように、効果を直接に実感しながら前進でき、やりがいもある。

議席を得ることで、いまの立場をおろそかにしたくなかった。代議士は他の者にもつとまるが、この事業は自分以外の者にはできないであろう。

それに、立候補するとなると、けっこう金がかかるらしいことを知っていた。金がおしいのではなく、わけのわからない使い方をしなければならない点が気に入らなかった。どう考えても、出馬する気にはならなかったのである。

大正十三年の一月末、清浦奎吾《けいご》内閣は衆議院を解散した。総選挙の期日は五月十日と決定された。

それ以来、星への立候補のすすめは、急に一段とはげしくなった。福島県の政友会系の代議士、県会議員などが、ひっきりなしに京橋の本社を訪れ、腰をあげるよう勧誘した。当時は一区から一人の小選挙区制であり、星の出身地では憲政会の比佐昌平が連続して当選していた。それに対抗して勝つためには、政友会としても有力な人物を必要としたのである。星ならばその点、名も売れており、金の準備もあり、うってつけだ。それに演説もうまい。みなが熱心にすすめるのももっともだった。

しかし、星はあいかわらず、社の多忙を理由に辞退した。口実だけでなく、事実、やらねばならぬことが多かったのだ。全国の販売網をさらに強化するため、各地方ごとに特約店大会を開き、講演をして回らなければならなかった。それと同時に、冷凍工業についての雄大な構想を説明し、計画実行の際に協力してもらう気運を盛りあげるよう努めていた。

　星はそのための全国旅行に出発した。三月末に東京を出て、北陸から近畿《きんき》へと特約店大会をつづけ、四月三日に神戸に宿泊した。その時、旅館に電報があった。発信人は、福島県の石城郡政友倶楽部《くらぶ》。

〈本日、満場一致で貴下を候補者に推薦した。ご承諾を乞《こ》う。ご帰京の日をお知らせ乞う〉

　しだいに強硬な様子になってきた。星はいちおう返電を打った。

〈ご希望にはそいがたし。あしからず。八日に帰京の予定〉

　そして、山陰での会合を終え、急いで帰京した。そのあいだに事態はさらに進展していた。郷里の有力者が集っていて、こう言う。

「われわれもいろいろと相談したのだが、あなた以外に適当な候補者がいない。憲政会の比佐は運動をはじめているし、投票日は近づいてくる。いまとなっては、承諾があろうがなかろうが、候補者として届け出て、われわれで勝手に選挙運動を進めることにします」

　みな真剣な表情であり、本当にやりかねないように思えた。これには星も弱った。

「そんな無茶なことは困る。有権者にとっても私にとっても、迷惑なことだ」

「しかし、こうでもしないと腰をあげてもらえないでしょう。条件があるのでしたら、おっしゃって下さい。どんなことでも応じますから」

「どんなことでもか……」

「もちろんです」

「それでは、二日ほど考えさせてほしい。その条件をまとめるから……」

その日はこれで別れ、つぎの会見の時に、星は自分の思いつきと主張とをみなに告げた。

「それほどまでにすすめるのなら、立候補してもいい。しかし、やるからには意義のある画期的なことをやりたいと思う。無所属で出て、勝敗は二の次として選挙運動をやってみたい。つまり、政党を超越し、合理的な選挙の模範を実地に示してみたいのだ。そのわがままを許してもらえるのなら、立候補を承知する」

「けっこうです。おっしゃる通りにしましょう」

と、その条件は受けいれられた。星の本意を理解してかどうかはわからないが、この場において承諾が得られれば、彼らにとって一安心だったのだ。少なくとも、対立候補の独走を、指をくわえて見ていなくてすむ。

星はまた、社員や従業員たちにも相談した。全員が賛成し、給料のうちから選挙費用の一部にと、金を集めて提供してくれた。販売店のうちにも、聞き伝えて送金してくる者がでた。かくて、立ちおくれの感はあったが、選挙にのぞむ準備がはじまった。

星の企画したのは従来の選挙運動とはまったくちがった、前例のない方法だった。政見発表の演説をやめ、選挙区の各地で「選挙大学」と称する、一日で卒業の講習会を開催してまわろうというのである。

その時に使う教科書として「選挙大学」と題したパンフレットを作った。三十ページほどのもので、下段には余白があり、各人が話を聞きながら記入できるような、ノート兼用の形だった。

そのほか「石城郡の婦人へ」というパンフレットも作った。そんなものを選挙権のない女性に配布してもむだだとの意見もあったが、星はあくまで自説を押し通した。

さらに、ポスターが刷り上ってきた。獅子《しし》と旗を組合わせた図柄に「政治は奉仕」と大書したもの。思慮深い投票は、税金がよりよい形で民衆に還元してくることを図解したもの。「選挙の手本を作るため、郡民協力一致せよ」と太い字で記したもの。以上の三種であった。

しかし、この三種のポスターのいずれにも、かんじんなものが抜けていた。候補者の名前である。周囲の者はそれを指摘したが、忘れたのではなく意識して書かなかったのだと知ると、覚悟をきめ、もはや口を出さなくなった。出そうにも、なんと言っていいかわからなかったのだ。

星はこれらを持って選挙区へ乗り込んだ。石城郡とは古歌で名高い勿来《なこそ》の関の北の地域。西からは阿武隈《あぶくま》高地が迫っており、東には太平洋を控え、おだやかな風景の地である。ここが星の出生地だった。

星はまず、父母の墓にもうでた。父は村長であり、かなりの勉強家であり、教育熱心な性格であった。この父に強制され、星は小学二年生のころに、国会開設の勅語というのをむりやり暗記させられたものだった。また、少し成長してからは、近くの丘にのぼって海を眺め、そのかなたにあるアメリカにあこがれたものだった。そして、いま、アメリカで学んだことをもとにし、選挙にのぞもうとしているのだ。

しかし、感慨にひたっている時ではない。打ち合せをして、予定の活動を開始しなければならない。星を迎えた関係者たちは、計画をくわしく知るにつれ、啞然《あぜん》としてしまった。しかし、いかなる条件ものむと断言してあるため、反対もできない。

星は最初に警察と裁判所に立ち寄り、パンフレットやポスターをひとそろい示し、趣旨を説明してから言った。

「このような主張でやるつもりでおります。もし、私の運動員に不都合な点がありましたら、どうぞ遠慮なく取締って下さい」

聞かされた相手は、応答に窮した。こんなことを申し出てきた候補者ははじめてだ。首をたてに振ったものか、横に振ったものか迷ってしまう。

そして、四月二十日から選挙大学が開講されることになった。第一日目は植田町。生家のある近くでもあり、好奇心も加わったためであろう。菊田座という芝居小屋は五百名を越す人数で満員となった。

星はパンフレットの「選挙大学」をくばり、その巻頭に印刷してある青年道徳法典の個所を、声をあわせて朗読させた。それは、

「一、善良なる日本人は自国を知り、自己を知り自己を信じ、自己の責任を知り、自己の義務を果します……」

という文句にはじまり、建設的であり、改良発明につとめ、進歩的な社会を築くため努力するなどの内容がつづき、

「……自治は人類の本能にして、協力こそ進歩であります」

と結んである。星はこの種の文を作ることがうまかった。うまれつきの才能もあったろうが、アメリカで受けた教育のおかげでもある。すなわち、事象を要約して他人に伝達する技術である。また、ニューヨークで小新聞を発行し、記事を書いた時の修

業も役立っていた。

聴衆たちに唱和させると、会場の雰囲気が盛りあがり、なごやかになった。そこで、パンフレットを教科書にし、講義を開始する。その第一章はこうはじまっている。

〈政治は奉仕なり。参政は権利にあらずして義務なり〉

政治とはなにかにつづき、科学とは、創造力とは、富とは、進歩とはなにかを、黒板に図解しながらていねいに説明した。

政府を株式会社にたとえ、合理性と能率ある運営をすれば、国民はそれだけ有利な配当を受けられると話した。もっとも、その前に株式会社とはなにかを、わかりやすく説明しなければならなかった。

じつは星も、当初は心配しないでもなかった。販売店を対象とする講習で成功しているとはいえ、こんども農民や漁民も多く、年齢もまちまちである。毎日の仕事とは、まるでことなる世界について話すのだ。聴衆はとまどったあげく、わけのわからないまま、退屈で居眠りする者が続出するのではないかと思っていた。

しかし、みな午前の九時から午後の五時半まで、熱心に聞きいってくれた。それどころか、しだいに聴衆の目が輝きをおび、終りには「万歳をとなえよう」との動議を出す者さえ出た。

最後にひとりずつ〈選挙大学講習会修了証〉なるものを渡す。小型でおもちゃのようなものだが、星はこれに解説を加えた。

「これを子供っぽい品だと批難なさりたいかたは、勝手になさるがいいでしょう。しかし、あなたがたの子孫の代になると、この証書は、社会改造の第一歩という貴重な記念物としての価値を示すものとなるのです」

だれもがそれを手に固く握り、興奮した顔つきで話しあいながら、夕ぐれの道を帰ってゆくのだった。

この評判がひろまり、どこでも聴衆が多く集ってくれた。そのなかには、選挙区外の者や婦人までまざるようになった。

平市で開催した時には千五百名という盛況で、会場に入れない者まででた。この時には、未成年者の団体には途中で退場をお願いしなければならなかった。いくらなんでも、有権者のほうを優先的に入場させなければ意味がない。これが投票日までつづけられた。

関係者のなかには、あてがはずれた失望感を抱いた者もあったにちがいない。五万円を用意しなければ立候補はむりで、当選するためには十万円が必要というのがこの選挙の常識となっていた。景気のいい星ともなれば、その何倍もの金をばらまくだろうと期待していた連中である。

しかし、星は選挙費用は五千円ときめ、それ以上は決して使わないと宣言した。その金額についての理由を、講義の時にくわしく説明した。諸外国の例を引用し、有権者ひとり当り四十銭が妥当だという計算なのである。そして、選挙に金を使えば使うほど政治が悪くなる原理を解説した。

これで最も喜んだのは、なんと対立候補だった。星候補は扱いにくい変な相手ではあるが、金で争わなくてすむ。用意した資金を一万円も余してしまったという。

日本では憲法発布で国民の参政権がみとめられたのだが、それは上から与えられたものであった。そして、それ以来、国民に対する選挙の実際教育が少しもなされていなかった。文明の利器を持ったはいいが、その構造も有効な使用法も知らないという状態だった。星はこの空白をおぎなうべきだと考え、それを実行したのである。

「対立候補の運動員の人も、この講義で得た知識を大いに活用なさるといい」

こうまで発展してくると、周囲の者ははらはらした。相手方では「講義は星、投票は比佐」という名文句を考え出し、連呼しはじめている。運動員たちは気が気でない。星にこう申し出た。

「せめて、清き一票を私に、と壇上でおっしゃって下さい」

「それは言えない。その言葉は最後まで口にしないつもりだ。これぐらい理屈にあわない文句はない。それを連呼したら、なんのために政治教育をしているのか、わからなくなってしまうではないか」

だが、有権者のなかには「あんなことを言っても、最後は慣例どおりさ」と信じない者もあった。投票の前夜、星の運動員が金を持って買収に来るはずだと、巡査を酔いつぶれさせ、朝まで起きてむなしく待っていた村もあったという。

星は自己の宣伝をまったくしなかったが、といって消極的だったのではない。連日にわたって選挙大学の講義をつづけた。きょう一日の話で集った聴衆の頭に覚醒《かくせい》をひきおこしてみせるとの意気ごみで、疲れをみせずにしゃべりつづけた。昼食時には塩をつけた握り飯を二つ五銭で売ったり、パンを一包み十銭で売ったりして、中座させずに話しつづけた。途中で帰る聴衆もほとんどなかった。

そして投票日となり、開票の結果は左のごとくだった。

当選　比佐昌平（憲政会）五一〇六票
次点　星　一（無所属）三一八八票
その他および無効　三八票

選挙大学の人気はしり上りで、前日までは星が優勢とのうわさがもっぱらだったが、やはり十年間の実績を持ち二万五千円の選挙費用を使った前議員を破ることはできなかった。星ももう少し早く立候補をしていたら、あるいは逆の結果に持ちこめたかもしれない。

星は数日後、これも日本最初の試みである「落選演説会」を開いた。意外に盛会で、しめっぽい空気はなく、笑顔の者も多かった。だれもが、この選挙を通じてなにかを体得し、なにかの進歩をとげたという印象を持ったからだった。

しかし、帰京すると、ある遠慮のない知人は、星にこう言った。

「思いきった選挙運動をやっているというので期待していたが、惜しい結果だったな。しかし、少しぐらい金をまいても、当選しておいたほうが利口だったのではないかな。資金だって、その気になればいくらでも出せたわけだろう」

「いや、これでいいのだ。選挙民たちも満足し、ぼくも満足している。日本の一角になにかの進歩をもたらしたことは確実なのだから」

「それはそうだろうが、議席を得て発言権を持っているほうが、なにかにつけて強みだろう。日本の政界はそんなに甘いものじゃないよ。どうも今回は、道楽がすぎたように思えてならないな」

それは、べつに深く考えての言葉でも、根拠のある忠告でもなかった。ふとそんな気がしただけのことだったろう。しかし、このなにげない予言が、遠からず的中することになるのだった。

12

この総選挙によって、野党三派の連合が議席の過半数をしめる勝利を得て、政界の地図は大きくぬりかえられた。その結果、政友会に基礎をおいた清浦内閣は退陣し、新しく第一党となった憲政会が六月に政権の座についた。加藤高明内閣である。加藤は後藤新平の政敵ともいうべき立場の人であった。

そして、新内閣ができると同時に、星に対する台湾専売局からの粗製モルヒネの払い下げが、ぴたりと中止された。星の献策が採用された大正四年以来、連続して払い下げを受けてきた原料である。

毎年の例として、三月末にむこう一年分の払い下げ命令書を受け、それにもとづいて現物が渡されることになっている。この年も、やはり三月末に命令書を受けていた。それにもかかわらず、いくら申し出ても渡してくれない。

命令書という名称はいかめしいが、民間でいえば契約書に相当するものである。払い下げの数量や価格などが明記してある。それを実行してくれないのだ。星のほうに落度があったというのならべつだが、この十年ちかくのあいだ、代金支払いをおくらせたことも、不法行為もなく、専売局に迷惑をおよぼしたことは一度もない。

製造業者にとって原料の供給を断たれることは、人間に食事を与えないのと同じといえる。星はこの部門に対して多額の研究費をつぎこみ、設備投資をし、はかりしれぬ努力を重ね、やっと軌道に乗って順調に利益をあげはじめたのだ。そのため、払い下げの停止は非常な痛手だった。

工場や人員を、いたずらに遊ばせておかなければならない。いつ現物がとどけられるかわからないから、他の方面に転換するわけにもいかない。そのうえ、営業面においても命令書に記された事項をたよりに販売計画を立て、先売りの契約もしてしまっている。製品ができないとなると、信用にもかかわる。責任をはたすためには、外国から製品を輸入してでも渡さなければならなくなる。こんなばかげたことはない。

いままでいつも好意的であった専売局長の賀来佐賀太郎は、総務長官に昇進していた。以前には民政長官と称せられていた官職で、台湾では総督につぐ地位である。彼にすがればなんとか解決がつくはずであったし、少なくとも事情ぐらいは説明してくれるだろう。

しかし、それは不可能だった。少し前から、ジュネーブで開催されている国際阿片《あへん》会議への出張を政府から命ぜられ、不在だった。ほかの官吏たちは、話を聞いて同情はしてくれるが、払い下げへの力は貸してくれない。政権が変ったため総督の交代を予想し、へたに動かないほうが賢明と考えているらしい。

消息通のなかには、星にこう伝える者もあった。

「国内製薬を手に入れた三原作太郎が、安達謙蔵を通じて憲政会に百万円の献金をしたといううわさがある。大変な金額のようだが、考えてみれば、数十万円ずつの補助金を七年にわたって受け取り、さらには二百万円もの低利資金を政府から引き出している。それぐらいの献金は、できるはずだ。すべてその結果なのだから、この問題は容易には解決しないかもしれないぞ。賀来長官の出張だって、どことなく、くさいにおいがする」

妙に筋の通った話だが、いくらなんでも、政府がそんな無茶をするとは思えない。星はこの説にあまり耳を傾けなかった。しかし、うわさの線にそって、情勢はさらに無茶な方へと進んでいたのだった。

九月になると、加藤内閣によって総督の交代がなされ、新総督に伊沢多喜男《いざわたきお》が着任した。内務省官僚の出身であり、警視総監から貴族院議員となった経歴で、憲政会系の手腕家との評判だった。やせた小柄な人物だが、かみそりの刃のような鋭い印象を与える容貌《ようぼう》の持ち主である。

伊沢の就任第一声は、このような言葉であった。

「台湾の統治は、三十万の内地人を対象とする統治ではない。三百万の台湾本島人を対象とする統治である」

この革新的な文句は人びとをおどろかした。しかし、冷静に分析した者は、これが二つの響きから成っていることに気がついた。一つは正義感にあふれた理想主義的な響きである。もう一つは、いままでの後藤新平系および政友会系の色彩を、台湾から完全に消し去ろうとの決意をひめた響きである。

伊沢新総督がこのような発言をするに至ったのには、理由があった。これまでの台湾統治の方針は、産業振興に最重点がおかれていた。経済的に内地に負担をかけてはならない。住民の生活を高めなければならない。そのためには、産業をおこす以外にないのである。製糖、樟脳《しょうのう》、食塩、港湾、鉄道、植林と、あらゆる分野で積極的に進められた。そして、いずれもかなりの成果をあげていた。星へのの粗製モルヒネ払い下げもそのひとつだった。

台湾には活気があった。しかし、同時に奔放で野人的な感じをともなっていた。それが官僚を基盤とする憲政会の、引締め好みの肌《はだ》にあわない点だった。

また、産業振興を促進するとなると、本島人の資産家と在留内地人とが結びつく傾向がなかったともいえない。事業には資金が必要であり、内地から渡航してきた者は技術を持っている。

しかし、これらの情報が反対派の憲政会の首脳に伝えられるあいだには、耳ざわりのいいようにゆがめられ、反政友会、反後藤の調子が強められる。すなわち、総督府内は腐敗し、一部の民間人と結託がなされ、利権をめぐって大きな不正がある。内地から来た連中はたちの悪いのが多く、勝手なことをやっている。少数の資産家を除く本島人の大部分は不満を抱き、このままだと憂慮すべきことにもなりかねない。以上のような形になってしまうのだ。

統計の数字をあげ、世界の植民地経営では成績のいいほうだと報告する者があっても、反対派はそのまま信じてはくれない。まして、加藤首相は後藤に感情的に反発している。また、加藤は三菱の女婿であり、台湾で三井系の会社と鈴木商店とが産業の多くを動かしているのが面白くない。警視総監をやった頭のきれる伊沢を送りこみ、断固一新すべきだと考えたのはむりのないことだった。そして、それが新総督の戦闘的な発言となってあらわれた。

伊沢はまず財政緊縮の方針を立て、総督府の人員整理に着手した。また、本島人は不満を大いに発表せよとうながした。そのため、いままでの活気は消え、沈滞した空気がひろがりはじめ、内地へ引きあげる民間人もあらわれた。

後藤閥の中心的存在と目され、事実そうでもあった賀来総務長官はジュネーブから帰国すると同時に解任された。後任には伊沢の腹心である内務官僚、警保局長の前歴を持つ後藤文夫《ふみお》が任命された。また、専売局長にも伊沢系の宇賀四郎が東京から転任してきてその椅子《いす》についた。

このような事態の進展ぶりから、さすがの星も、あまりいい前途を予想しなかった。伊沢多喜男と、星にとってやっかいな商売がたきである三原作太郎とが、いずれも長野県出身の同県人であることを知っていたからでもある。

粗製モルヒネの払い下げがいつ再開されるのか、星には見当がつかなかった。総督府に陳情書を提出しても、新方針が決定するまで少し待て、との回答があるばかり。停止の理由も見通しも教えてくれない。不安定な気分ではあるが、いずれは誤解がとけ再開されるだろうと信じて待つ以外になかった。

しかし、待つためだけで日をすごしていたのではなかった。かねてから企画し、検討を重ねてきた冷凍工業の具体化のために、頭とからだの動きのピッチをさらに高めた。普通の者なら、憂鬱《ゆううつ》になって休養をとりたくなるところであろう。しかし、星はうまれつきの楽天的な性格のため、仕事に熱中するのだった。あるいは、仕事に熱中せずにはいられない性格のため、憂鬱な感情のわいてくる余裕がなかったのかもしれない。

社名は低温工業株式会社とすることにきめた。資本金は五千万円を目標とする雄大きわまる構想をたてた。その株式も少数の資産家から集めたのでは面白くない。全国の大衆からの投資を基礎にしたかった。星は株式募集運動のために、大分県を皮切りに各府県を飛びまわった。

各地の特約店グループの協力のもとに、冷凍を応用した新製品の展示会を開催した。野菜や果物から海産物におよぶ、さまざまな品が陳列された。何百というガラスびんが並べられ、人びとはそのひとつひとつに目をこらした。たとえば、コンニャクは普通の方法では粉末にできないが、冷凍しておこなえば可能となる。片すみでは友成という酒を試飲させた。来場者はおそるおそる口をつける。酒を味わうというより、最新の科学を味わうといった表情になるのだった。

会場では事業計画のパンフレットが配られ、何人もの専門の学者が解説をし、聴衆の質問に答えた。星はこの産業の重要性と有利さについて、くりかえし講演をした。シベリアの雪の下から二万年前のマンモスが冷凍状で発見され、その肉を犬に与えたが異状なかった、という外国のニュースも紹介した。

来場者のだれもが、新しい時代の空気を吸ったように感じた。長いあいだつづけてきた食生活の慣習が、ここで大きく変えられようとしている。科学の波が押しよせ、ひたひたと足もとを洗いはじめたようにも思えたのだ。どこでも大変な人気だった。知識のある者は理解した上で感心し、年少の者はすなおに受りとめて感心し、老齢の者はよくわからないながらも感心した。

滑り出しはよく、星は精力的に活動した。この会社が設立でき、営業が開始できさえすれば、自分の前に立ちはだかる暗い霧も問題ではなくなる。たとえ、台湾の粗製モルヒネの件が好転しなくても、また、内務省衛生局のいやがらせがつづいても、びくともしない体制ができあがるのだ。冷凍というまったく新しい分野なら、同業者からとやかく言われることもないはずだ。

そのためには実現を急がなければならず、時を無為にすごしてはいられないのだった。

粗製モルヒネの払い下げが依然として受けられないまま、一年がたった。大正十四年の三月、例年どおりなら、台湾専売局から命令書が出る日である。

しかし、命令書は出なかった。そのかわり、台湾の星の出張所から不可解な報告が本社にもたらされた。その事務所が、台湾地方検察局の検察官によって家宅捜索をされたというのである。なお、検察官とは内地でいえば検事に相当する官職である。

星はこのことを知り、モルヒネを担当している安楽に聞いた。

「どういうことだろう。なにか心当りはあるか」

しかし、安楽にもわからない。報告にはくわしい事情が記されていないのだ。

「ないな。なにかのまちがいだろう。あの小樽でのさわぎ以来、阿片関係は念には念を入れ、とくに慎重に処理しているのだから」

「しかし、調べられるからには、なにか原因があるはずだ」

「といっても、この一年間、粗製モルヒネの払い下げは、一ポンドも受けていないのだ。専売局にいくら嘆願を重ねても、総督府に少し考えがあるからと、現物を渡してくれない。社としては大損害だったが、阿片についての問題はおこりようがなかった。なにかべつの、ちょっとした件についてだろう」

「そんなところかもしれない」

だが、ちょっとした件でもなく、これで終りともならなかった。四月に入ると、台北出張所の社員の関戸信次ほか三名が、検察局に召喚されて取調べを受けたという連絡が入った。本社からは詳細な報告をするよう出張所に命じたが、明確なことはわからなかった。どんな事件なのかは告げられず、みな阿片について聞かれたとのことだった。

五月に入るとすぐ、こんどは星自身が東京地方検事局に呼び出された。台北地方検察局からの依頼によるためだとだけ知らされた。やはり事件の内容は教えられず、ただ阿片関係のことを質問された。理由がわからないのだから、どう弁解したらいいのかも見当がつかない。小樽での事件のことを聞かれたりした。その件なら以前にここで説明し、不起訴と決定したことで、あらためて話す必要もないはずだ。星はふしぎでならなかった。

つづいて五月九日、星に対して台北の検察局から、取調べたいことがあるから出頭せよとの電報がとどいた。

なにか正体不明のぶきみなものが台湾の一角に発生し、大きさと力とをましながら、星をめがけて徐々に迫ってくるようなけはいだった。この台風の中心はどこにあり、なにを目的としているのだろうか。やがては襲いかかってくるのだろうか。星はいくらか不安をおぼえながら考えた。しかし、思いあたるような点はない。

もちろん、この台風は偶然に発生したものではなかった。計画的に作られ、育てられ、星を巻きこむために放たれたものだった。

伊沢総督は着任するとまもなく、同郷の後輩である後藤和佐治という無名の一判事を抜擢《ばってき》し、台湾高等法院検察官長という要職につけた。そして、まる一年間、もっぱら星の問題だけを調べさせていたのであった。

賀来佐賀太郎と星との不正な関係を明らかにすることが目標だった。それができれば、台湾の政友会系の雰囲気が一掃できる。どっちつかずの、台湾における官吏や民間人も、新総督の力に恐れをなし従順になるはずだ。また、政界でうるさい存在である後藤新平に、一矢《いっし》をむくいることができる。

星を罪人に仕立てることができれば、粗製モルヒネ払い下げの権利を、三原の社に移すことができる。すべて、加藤内閣にとって好都合な結果が得られるというわけである。この動きが裏面から表面へと、頭をもたげはじめたのだった。

総督府が、すでに発行した命令書を無視して払い下げを停止していたのも、この方針からすれば当然のことだった。これから罪人にしようという相手に払い下げをしては、あとでつじつまがあわなくなる。また、星の主要な利益源のひとつを断ちきっておいて、反抗の力を弱めておくに越したことはないからだ。

13

そして、五月十五日。星の人生において最も衝撃的であり、最も不快で苦しく、最もあわただしく、最も疲れた一日が訪れることになった。

その前日の十四日、星は郷里の福島県に旅行滞在中だった。低温工業についての講演のためである。

会社設立への計画は順調に進みつつあった。この五月の末日が株式募集の締切日となっている。各地での人気は上々で、人びとの期待は高まる一方だった。しかし、出資してもらうからには、理解したうえでの協力であってほしい。また、支持者の数は多ければ多いほどいい。星はこう考え、払込み当日まで各地で展示および説明の会をつづける予定だった。

その日も、星は声がかれるまでしゃべりつづけた。郷里であるため、とくに熱心になってしまう。聴衆のほうもまた、気やすく質問をする。星はひとつひとつ、ていねいに説明した。夜になってやっと終了し、旅館にもどると、そこの主人は実に奇妙な表情で迎えた。

「おかえりなさいませ。お変りはございませんか」

と言う。星は言った。

「お変りないかとは、どういう意味だ。この通り、こうしているではないか。なにかあったのか」

「じつは、さきほど東京の会社からお電話がございました。なにかひどく心配そうな声で、社長は大丈夫かと聞いておいででした。講演におでかけでまだお戻りでないと答えておきましたが、あんなにあわてた声は、これまでに聞いたことがございません」

主人の話は要領をえなかった。しかし、まもなくまた電話がかかってきた。東京の本社の社員からだった。

「大丈夫なのですか。本当に大丈夫なのですか……」

と、うろたえた声でくりかえしている。星は言った。

「いったい、どうしたのだ。順序を立ててよく説明してくれ」

「はい……」

社員は説明をはじめた。だいぶ混乱はしていたが、整理するとこのような内容だった。

報知新聞の夕刊を買ってなにげなくのぞくと、星の写真が大きく出ている。低温工業のことを記事にしてくれたのだろうかと思って見出しを読むと、そんなやさしいことではなかった。大きな活字でこう書かれている。

〈星一、市ケ谷刑務所に収監さる〉

社員はきもをつぶしてしまった。社長は現在、福島県に旅行中のはずではないか。あわてて他の新聞を買い集めてみると、そのたぐいの記事が掲載されている新聞が二、三あった。報知以外の新聞のは、帝国通信社によって流された記事である。報道の正確さを誇る東京朝日にものっていた。しかし、これはさすがに断定をさけ、刑務所送りになるであろう、との書き方だった。

社員としては、旅館に電話をせずにはいられなかったのだ。

「……というわけなのです。どうなるのでしょう」

「わからん。なにがなんだか、少しもわからない。さっそく帰京したいが、きょうは夜おそくで、もう列車がない。明朝なるべく早く帰ることにする」

電話をきった星は、世界が狂ったのではないかと思った。自分が逮捕されて未決囚になっているという新聞記事を、旅行さきの旅館で聞かされるようになろうとは、正常な頭では想像もできないことなのだ。

呆然《ぼうぜん》とした気分からさめると、星はからだじゅうから力が抜けてゆくような感じを抱いた。各地方をこまめに歩き、新しい企業への理解と協力の気運を高めようと努力している時期に、このような記事が全国に流されると、それが根本からくつがえされてしまう。

星は小規模ながら在米中に新聞を経営したことがあり、また、後藤新平をかついでの通信社の構想も進行中だ。それだけに、新聞の持つ力はよく知っていた。この力が建設的な方向に働く時はきわめてゆるい足どりしか示さないが、破壊的に働く場合は即座に人を葬《ほうむ》りさる。この誤解をとくには、はかりしれないエネルギーを必要とするのだ。

星は明日にそなえ、旅館の寝床に入って早く眠ろうと努力した。星はもともと、床につけばすぐ熟睡するたちである。また、安眠できないのは精神の均衡がとれていないためで、きょうの悩みを明日に持ち越すなと、他人にもつねに主張していた。しかし、この夜だけはそうできなかった。苦心してのぼった山頂からつき落され、ころがりはじめたのと同じ状態なのだ。やすらかに眠りにつけるわけがない。

一方、東京の星の本社では、残業をしていた社員たちが、新聞をなかに不安げな顔をみあわせつづけていた。夕刊を見て、帰宅の途中から戻ってきた者もあった。相談のあげく、佐藤という広告部員を代表とし、数名が報知新聞社に出かけた。

社会部長は不在だったが、その代理の者に面会し、佐藤は強い口調で言った。

「うちの社の社長は、いま福島県下に旅行中です。刑務所に送られたなどという事実は絶対にない。このような記事がのせられては、会社としては大変な迷惑です。明朝の紙上で大きく訂正していただきたい」

当然、謝罪と承諾の返事があるものと思っていた。しかし、耳をうたがうような、まったく逆な答があった。

「誤報なら、もちろん訂正記事をのせましょう。しかし、これは事実。ごく確かな筋から得た情報だから、まちがっているわけがない。したがって、訂正など、とんでもないことだ」

「どんな筋かは知りませんが、社員である私たちの言うほうが確実でしょう」

「そんなに言いはるのなら、ここへ本人を連れてきたらどうです。そうすれば誤報とみとめましょう」

「しかし、社長は旅行中で……」

「体面上、旅行と称するのはよくある例ですよ。記事は絶対に正確だ。もしまちがっていたら、腹を切ってみせましょう」

こうなると、社員たちも二の句がつげなくなってしまった。相手の表情も口調も、あまりに確信にみちている。会話をしているうちに、社長は本当に逮捕されてしまっているのではないかと思えてくる。佐藤は言った。

「どこから聞いた情報なのですか」

「それは言えない」

報知新聞は昔から憲政会の色彩の強い新聞であった。したがって、その方面からということは想像できた。また後日のうわさによると、伊沢総督の警視総監時代の直系の部下、中谷刑事部長あたりが出所ではないかとも言われている。

十五日の朝、星は帰京した。前夜はほとんど睡眠をとっていない。列車のなかでもあまり眠れなかった。しかし、眠いなどという感じは少しもしなかった。

駅には心配そうな顔で社員たちが迎えに来ていた。どこで聞きつけたのか、新聞関係者も来ており、星にむけてカメラのシャッターを切った。これで誤報がはっきりするだろうと、社員たちはかすかにほっとした。

その人ごみのなかから、帝国通信社の社長である頼母木《たのもぎ》桂吉があらわれ、星に近づいてすまなそうに言った。

「星君、どうも申し訳のないことをした。ぼくがうっかりしていたのと、社内の不注意とで……」

誤報をわびる口調だった。しかし、星は答えず、顔をしかめただけだった。うっかりしていたとの言葉を、そのまま信用することはできない。なぜなら、頼母木は憲政会の幹部なのである。自分の通信社を利用して、あの記事を全国に流したと推定できるのだ。

頼母木にしても、星に個人的なうらみや悪意を抱いているわけではない。だが、党の方針となると話はべつだ。新しい憲政会内閣としては、その威力を実業家連中に示す必要がある。そのためにはだれかを血祭にあげ、反抗せずに献金したほうが賢明だと知らせる必要がある。このような作戦がきまったとすれば、彼も従わなければならなかったのだろう。

しかし、犠牲にされる当人にとっては、たまったものではない。あまり政界の勢力と密着していず、独自に仕事をしている星は、適当な目標とされてしまったのかもしれない。こんなことでなく、むしろ頼母木の私怨《しえん》による中傷であるほうが、はるかにさっぱりするとも思えるのだった。

星はひとまず本社にもどった。自分の健在であることを社員たちに示し、動揺を少しでも押えなければならない。だが、社内が落ち着いたのも、星が一息いれたのも、ほんの短い時間で終ってしまった。

検事が部下とともにやってきて、令状を示し、社内の家宅捜索をはじめたのである。報知新聞が確実な情報だと主張したのは、上層部でのこの決定をいち早く知っていたためだったのであろう。あるいは、新聞に報道されたので、急いで検事が動いたのかもしれない。星はその応対をしなければならなかった。

しかし、新聞に書かれたように、逮捕され連行されるというのではなかった。単なる捜索であった。また、担当の検事はわりと温厚な人で、権力をふりまわして徹底的に荒すというやり方ではなく、数冊の帳簿を押収したにすぎなかった。気が進まないのだが、職務上やらねばならないのだ、というふうにも感じられた。そのうえ、社員たちをさわがせては気の毒だと、部下に命じてすべて目立たぬようにやってくれた。その好意はありがたかったが、新聞に大きく誤報されたあとでは、あまり役に立たないことだった。

捜索が一段落した時、星はその検事に言った。

「捜索はいくら厳重になさってもけっこうです。むしろ、もっと厳重にやっていただいて、早くはっきりさせていただきたい思いです。しかし、ひとつお願いがございます」

「どのようなことだ」

「私は現在、低温工業株式会社の創立のため、きわめて多忙です。社内の活動ぶりをごらんいただいてもおわかりでしょう。私もいましがた、そのための講演旅行から帰ってきたばかりです」

「そのことは知っている。で、問題はなににについてなのだ」

星は台湾からの召喚電報を見せた。

「このように、台北検察局から私あてに、至急出頭せよとの電報がまいっております。これを無視したり拒否したりするつもりは、少しもありません。しかし、この最も重要な時期に、貴重な時間をさいて台湾まで出かけるのは、じつにつらいことです。台北の検察局のかたは、私の立場へのご理解が少ないように思えます。このことをご同情下さって、出頭延期へのお口ぞえをお願いしたいのです」

「なるほど、そういうことがあったわけか。しかし、その件は担当がちがうので、なんともいえないが、話だけはしてみよう」

検事はこころよく承知し、電話で検事局と連絡してくれてから、星にこう告げた。

「その担当の係は、本人から直接に事情を聞きたいと言っている。明朝、検事局へ行って説明すれば、その了解は得られるのではないだろうか」

「ありがとうございます。ご親切には感謝いたします」

星は少しほっとした。台湾行きが低温工業の払い込み期日のあとに延期できれば、なにより助かる。

仕事をすませた検事はそっと帰っていってくれたが、この配慮はなんのたしにもならなかった。この日の星の行動は報道関係者の注目の的となっていたのである。各新聞社の車は、帰京してからの星のあとを、ずっと追いかけていた。報知に先を越されてしまった形のほかの新聞社としては、刑務所に収監される光景の写真をとってやろうとの意気ごみだった。

星は夕方ちかくになって社を出た。記者たちはさっそくそのあとにつづいたのだが、最後に面くらうような場面にあい、失望を味わうことになった。

星の乗った車は刑務所のある市ケ谷方面にはむかわず、問題の報知新聞社の前にとまった。誤報への抗議をし、責任者となぐりあいをするのではないかと、ひとさわぎを期待した記者もあったかもしれない。しかし、そうではなかった。

そこの講堂で、当の報知新聞社の後援による、低温工業の説明演説会がおこなわれることになっていたのだ。皮肉な現象だった。当日、ここが会場に使われることを、報知新聞の社会部は知らなかったのだろうか。自分の社で後援している会の主人公に関することとなのである。記事にする前に、いちおう所在を確認してもよさそうなものだ。こんな点から察するに、あの記事は上からの圧力で押し込まれたものなのかもしれない。

理学博士の大島正満氏による冷凍についての解説のあと、星は壇上にあがって、昨日以来の不当な事件を、いきどおりをこめて訴えた。集った聴衆は最初のうちは好奇の視線をそそいでいたが、やがて、なっとくして同情してくれた。しかし、事情をわかってくれたのはこの会場にいる者だけなのだ。全国には誤報を信じている人たちが限りなく存在し、それに訴える方法はないのだ。

奇妙と呼ぶべき光景はまだあった。その会場には後援している関係上、報知新聞の副社長の太田正孝《まさたか》も出席していた。そして、星のために「自立主義の事業家礼賛《らいさん》」と題して一場の祝辞をのべた。誤報のことにはなにも触れない。如才がないというのか、社会面の記事は自分と関係がないというのか、聞くほうにとってはあいた口がふさがらない気持ちだった。

会が終り、星はやっと青山にある自宅に帰った。それを迎えた留守番の書生は言った。

「お留守中に、大変なことがございました」

「なにがあったのだ」

「お昼ちかく、検事さんが数名の部下をつれておみえになり、家宅捜索をなさって行かれました。人当りはおだやかなかたでしたが、調査はなかなか厳重でございました」

「そうだったのか。会社のほうも調べられたのだから、同時に自宅のほうもおこなったというわけだな。それで、どのようなものを持っていったのか」

「一時間あまりお調べになっていましたが、なにも押収なさらずに引きあげていらっしゃいました」

「そうだろうな」

と星は苦笑した。星にとって自宅とは、本を読むのと眠るだけの場所にすぎない。食事もほとんど会社でとる。したがって、手紙や書類のたぐいはすべて会社のほうにあり、押収の対象になりそうなものは、なにもないのだった。

書生は報告をしたのでひと安心し、思い出したようにこうつけ加えた。

「きょうのことで面白い話がございます。やってきた検事さんたちは、かんらがいをして、最初におとなりの星光さんの家に入ってしまったそうです」

星光とは明治の末に死去した政治家の星亨《とおる》の長男である。親戚《しんせき》でも同郷でもないが、たまたま住居がとなりになっており、時たま訪れる人がまちがえる。そして、星光の邸宅は石の門のついた立派な建物、これに反して星の家は破れかかった木造のくぐり戸で、平家の古い小さな家だ。京橋に七階建ての本社を持つ隆盛な事業家の住宅とは、とても思えない。検事たちが錯覚し、勢いこんでとなりに乗り込んだというのも、むりもない。星光の家では突然の来訪者に、さぞ驚いたことだろう。

しかし、星は笑わなかった。自分が当事者では、笑えるものではない。また、このような一日が終ったあとに、笑うような精神的な余裕など残っているわけがない。

きょうという日を境に、きのうまでの過去とあすからの未来とのあいだに、大きな断層ができてしまったようだった。このような夜、ふつうの人なら酒を飲み、すべてを忘れようとするだろう。だが、星は酒をやめることを自分自身と約束している。また、酒の力は事態の解決になんの役にも立たないことを知っていた。それに、飲もうと思ったとしても、自宅には一本の酒もおいてないのだった。

14

翌朝、星が目ざめて新聞を見ると、報知も帝国通信社系のも、誤報をみとめて訂正の文をのせていた。だが、片すみにごく小さくのせただけで、ほとんど目立たないものだった。その紙面には星の本社と自宅への家宅捜索の記事も大きくのっている。これでは読者の誤解をとく効果がないばかりか、星への悪印象をさらに高める作用のほうが強い。

星はきのうの検事との約束に従い、九時に東京地方裁判所検事局に出頭した。いまの忙しい事情をよく話せば、台湾からの呼出しの延期もみとめられるだろうと期待していた。

しかし、担当の岩松検事は、星を見るなり激しい口調で言った。

「延期を申し出に来たのだろう。だが、それをみとめることはできない。台北からの命令どおり、早く出発するのだ。ぐずぐずしていると、手錠をはめてでも台湾へ連行することになるぞ」

星はとまどった。きのう社に来た検事とは、だいぶ人柄がちがうようだった。あるいは、担当の検事には上から、猶予《ゆうよ》を与えずに台湾に送るよう、とくに指令が出ていたのかもしれない。

「しかし、まず、私の苦しい立場を話させていただきたいと思います。いま低温工業なる会社を創立するために……」

「いや、会社のひとつやふたつが、つぶれようがどうしようが、そんなことは法の前には問題ではない。文句を言っているひまがあるのなら、早く旅行の支度をしろ」

抗弁の余地はないぞとの勢いである。どんな理由があろうと容赦しないとの口ぶりだった。こうなると、星としても黙っていられなくなる。アメリカで学んだ法律論を展開した。

「そのようなお話を聞かされるとは意外でございます。そもそも、法というものは国民のために存在しているはずです。私もまた、その国民の一員でございます。いまここへ出頭しましたのは、法による保護を求めるためでございます」

「だめだ。おまえの場合は、そのようなことはできぬ」

「それはなぜでしょう。凶悪犯の容疑者ならべつかもしれません。しかし、私はなぜこう召喚されたり家宅捜索をされたりするのか、なっとくのゆくよう説明されてもおりません。それをお教え下さい」

双方とも声を高め、限りない押問答がつづいた。だが、そのうち岩松検事は中座し、戻ってきた。そして、星の申し出をみとめ、台北への出頭延期の連絡をとってくれることとなった。

相手が折れた理由は、検事局を出てみてわかった。星が懇意にしている弁護士の青木徹二法学博士が、社員からの連絡を受けわざわざ出かけてきて、検事と交渉してくれたからであった。

しかし、岩松検事の口にした「手錠をはめてでも連行するぞ」との言葉は、ただのおどし文句だけでもなかったようだ。

あとになって判明したことだが、この事件の関係者のなかには、現実に手錠をはめられ、警視庁から連れ出された者もあったのである。そして、日比谷警察署から、川崎、沼津、名古屋、岐阜とつぎつぎに警察署に受け渡されて下関に至り、さらに台湾まで護送された。

その人は相当な教育を受けたおとなしい人格者であり、台湾行きに反抗したわけでもなかった。逃亡するおそれなど少しもない。「刑務所の被告でさえ、外出する際には編笠《あみがさ》を与えられているではないか」と嘆願してもみとめられなかった。顔を他人にさらしながら、何日も手錠姿で連行されていったのである。

そのあげく、台北につくと数時間ほど調べられただけで、すぐ自由の身にされた。ただ、いやがらせと侮辱とを加えてみただけのことにすぎない。本人にとって、こんなにひどい精神的な苦痛はなく、その人は後日、この体験を語る時にはいつも、怒りにふるえた涙声になるのだった。

星もまた、この日の青木弁護士の交渉がなかったら、これと同様な目にあわされ、動物のごとく連行されたにちがいない。

こんな時に星の頭をかすめるのは、さきの選挙で落選した時に友人から聞かされた「少しぐらい金をまいても、議席を得ていたほうが、なにかにつけて有利じゃないかな」との言葉だ。

たしかに、議員となっていれば、あまり無茶な扱いはされなかったろう。理想的で清潔な選挙をやって落ちたために、不当な行為を甘受しなければならない。この関連を考えると、楽天的な性格の星も、いささか気分が沈んでしまうのだった。

台北検察局からの星への出頭命令は、かなり強硬なものだった。五月九日に召喚電報の第一信が星にとどけられて以来、ほとんど毎日のように送られてきた。

〈取調べの件あり、至急出頭せよ。いつ立つか〉

といった内容だ。星はそのたびに、現在は低温工業の設立を控えて時間的余裕がなく、できれば六月十五日まで、少なくとも株式払い込みの期日の五月三十一日まで、出発延期を願いたいとの返電を打った。すると折返し、台北から電報がくる。

〈猶予はできない。すぐ出発せよ。任意出頭せざる時は、強制処分に付することあるべし〉

と、しだいに強い調子になってくるのだ。機関銃でねらいうちされているようでもあった。それに対し、星はていねいに延期願いの電報を打つ。

星が台湾行きの延期を求めたのは、低温工業のために忙しかった理由が第一だが、事件を軽く考えていたためでもあった。自分を含め、取調べを受けた者たちの話を総合してみると、かつて、原料阿片《あへん》を横浜税関の保税倉庫から基隆《キールン》へと移した点が問題とされているらしいと想像がついた。

それがなぜこうさわがれているのか、不審でならなかった。この件は関係官庁のすべての了解のもとに、慎重に慎重をかさねておこなったことだ。家宅捜索や呼出しなどしなくても、各官庁に問合わせてもらえば容易に氷解するはずである。それに、数年も前のことであり、現物は大損害をしいられてヤグロ商会に売ってしまった。それから今まで、どこからも注意や指摘を受けていない問題ではないか。

何回目かの延期申請の電報を打ったあと、星は安楽に言った。

「どうして、こうもしつっこく召喚を急ぐのだろうか」

「わからない。しかし、ひとまず、ぼくが代理として台北へ行って、説明をしてこようか。この部門については、ぼくが責任者であり、一番よく知っているのだから」

安楽常務は阿片および海外貿易の担当であり、非常に気にしていた。星とは反対に神経質なほど心配性であり、今回のごたごたつづきで、顔色もどこかさえなかった。

星はそれに気がついて言った。

「しかし、大丈夫かい。からだのぐあいがよくないような感じだが。少しやせたようじゃないか」

「このさい、そんなことはかまっていられないだろう。事件が解決してさっぱりとすれば、からだのぐあいだって回復するよ。そのためにも行って来たい」

「そうしてもらえればありがたい。台北にはほかにも何人かが召喚され、行っている。その人たちは、星の調べがすまないうちは内地へ帰さぬと言われ、足どめされているような状態らしい。それを考えると気の毒でならないのだが、月末まではどうしても行けないのだ」

安楽は台北へと出発していった。星はそのことを台北検察局へ電報で知らせた。

〈阿片の件なら、安楽常務のほうが私よりよく知っている。きょう出発した。よろしくお調べ願う〉

だが、台北からの電報は、あくまで星の出頭をうながしている。星は何回も長文の電報を打った。時には、低温工業の株式募集のため、各地で展示や講演の会を開くことになっている点を説明し、その予定表を全部電文で書き送った。

しかし、台北からは〈ぜひ出頭あれ〉の電報がつづく。

星の立場には少しも同情せず、会社がどうなろうとかまわないといった調子だった。だが、これは遠くはなれていて連絡不充分のための無理解によるものではなかった。理解したうえでのことなのである。低温工業という、どこまで発展するかわからない大会社を、作らせまいというのが目的なのだった。星のもとに全国から大金が払い込まれるのを、あくまで妨害しなければならない。そのためには、星を内地で活動させておいてはならないのだ。

そんな裏の策動には気づかず、星は誤解をとこうと、料金を惜しまず、時には一日に電報を三通も打っていた。

しかし、十六日に青木弁護士が東京の検事局に交渉してくれたおかげで、十八日夜の台北検察局からの電報は、やっと折れてくれた。

〈三十一日に必ず出発せよ〉

星はすぐ打電した。

〈貴電拝受、三十一日に出発いたします。ご猶予つつしんで感謝いたします〉

星はこれによって得た日時を最大限に活用すべく、ほとんど不眠で各地をまわった。しかし、事業の説明にくわえて、新聞の誤報についても話さなければならない。また、家宅捜索をされた件になると、理由がわからないだけに、聴衆をなっとくさせるのが大変だ。手足をしばられ、重荷をくくりつけられ、そのうえで仕事をしているような形だった。

岐阜に出かけ、県下の小学教員たちの集りで講演をし、夜行で帰京するという強行軍もあった。そして、社に戻ってみると、安楽が台湾から帰って待っていた。

「いやに早かったな。すぐに疑いが晴れたのか」

ねぎらいの言葉をかけるよりも、星は結果のほうを早く知りたかった。だが、安楽の顔を見ると、吉報を持ち帰ったのでないことは、すぐにわかった。出発前より一段とやつれている。その顔を安楽は横に振り、弱々しい声で言った。

「いや、おそろしいことだ……」

安楽が沈痛な表情で語った報告は、こうだった。

台北に着くとすぐ、安楽は検察局に出頭した。しかし、その係である石橋検察官は、大声で彼にどなった。

「なにしにやってきたのだ」

これを聞いて、安楽は驚いた。自分が来ることは、東京から電報で知らせてあるはずだ。それが手ちがいでとどいていないとしても、問題の焦点である阿片の責任者が自分であることぐらいは、検察官として知らないはずはない。

「はい、社長の出発がおくれますので、ひとまず阿片の責任者である私が、事情をご説明にまいったわけでございます」

「よし、しゃべりたいことがあるのなら、勝手にしゃべれ。だが、もしまちがったことを口にしたら、すぐ牢《ろう》にたたきこむぞ」

あまりのことに、安楽はふるえあがった。なにも好んで台北まで来たわけではない。召喚されて来たのでもない。総督府と星の会社とのあいだの誤解をとき、事態改善のために役立てばと思って、親切心からわざわざ出かけてきたのだ。それなのに、このような迎え方をされるとは予想もしなかった。勝手にしゃべれと言われても、なにが事件となっているのかわからないのだから、説明のしようもないではないか。

石橋は高飛車な口調で、安楽を二時間ほど調べ、最後にこう命じた。

「これで終りだ。おまえにはもう用はない。つぎの船ですぐ内地へ帰れ。そのあいだ、台北でだれかに会うことは絶対にしてはならぬ。もし他人と話したら逮捕する」

「はい、その通りにいたします」

安楽はよろけるような足でホテルに引きあげた。その厳命どおり部屋にとじこもり、面会者があっても取次いでもらわないようにした。食事も部屋に運んでもらった。もっとも、食欲もなく、口に入れてものどを通らない。

といったことを、安楽は深刻な口調で話し、こう結んだ。

「……そして、帽子を深くかぶって人目をさけ、逃げるようにしてつぎの船へ乗り、帰ってきたというわけだ。思っていた以上にひどい空気だ。あの石橋という人は殺気だっている。ぼくでさえこんな扱いをされたのだから、連中が目標としているきみが行ったら、どんな目に会わされるかわからない。拷問《ごうもん》されたあげく、殺されてしまうかもしれないぞ」

「まさか、そんなことはされないだろう」

と星は元気づけたが、安楽の顔は晴れなかった。

「いや、あの感じはただごとではない」

それで星も、台湾にただならぬものが待ちかまえているらしいという想像はできた。

だが、いまはそんな取越し苦労に心を悩ませている時ではなかった。現実の問題である低温工業の設立のために、残された数日間にあらん限りの力を注ぎこんだ。各地で特約店大会を開き、そのあいまに発起人の打合せ会をおこなった。

しかし、新聞の誤報、および家宅捜索の記事による影響は、やはり大きな障害となっていた。人びとが大切な金を出資しようかどうしようかと考えていた矢先である。その中心人物に関して罪人になるかもしれないとのうわさが立ったとなると、慎重になるにきまっている。いままでの実績から星を信じ、金の用意をしていた人でさえ、家族や友人の忠告でいちおう考えなおす。

警戒的になりはじめると、物の見方が変ってくる。いかに将来性があり、国家的に意義があり、有利な事業かを、星が力説すればするほど、聴衆はその逆を考えようとするのだった。なんだか話がうますぎるではないか、と。

それでなくてさえ、日本に前例のない分野の事業なのだ。やっとおこした火種に水をそそいだような、みじめな状態になった。払い込みの金は、ほとんど集りそうになかった。

あれだけ強硬だった台北検察局が、星の出頭延期をみとめてくれたのは、青木弁護士の尽力によるものだけでなかったかもしれない。東京とのひそかな連絡によって、この成行きを見きわめたためだったのではないだろうか。

絶望的な状況のなかで、星は動きまわり、説明しつづけ、弁明をし、力を出しつくすように動きまわった。こう追いつめられた立場にありながら、星は笑顔を忘れず、話にはユーモアを盛り、冷凍事業の解説はだれにもわかるよう筋の乱れを示さなかった。だが、その胸中を察する人よりも、一歩しりぞいて検討しなおしたがる人のほうがはるかに多かった。

三十一日になった。奇跡はおこらず、集った払い込みの金額はごく少なかった。当初の希望と輝きにみちた雄大な計画にまったく反した、ごく小規模の、形ばかりともいえる会社として収拾しなければならなかった。

かくして、星がその頭脳と情熱と努力とをそそぎこんだ低温工業は、幻の会社となって永久に消えさってしまった。

しかし、その影を追って悲しんだり、憤《いきどお》りの感情を燃やしている余裕もない。また、休養をとる時間すらなかった。台北に出発しなければならない約束がある。

三十一日の夜、あとの始末は他の者にまかせ、星は東京を出発しなければならなかった。

15

おだやかな海の上を、船は台湾へむかって進んでいた。乗客のなかには船の旅を楽しんでいる者も多い。しかし、星の心はその平穏さと逆に、嵐《あらし》のごとく波立ち乱れていた。遠ざかりつつある内地にも、近づきつつある台湾にも、気がかりなことばかりが存在している。

破滅的な打撃を受けた低温工業。その臨終に自分がいあわせることができれば、手当てのしようによっては、将来において芽をふく余地を残せる名案が出せるかもしれない。だが、それも許されないのだ。

もし順調に発足すれば、関東と関西に広い敷地を借り、そこに工場を建てる予定だった。それと現実との落差があまりに大きく、整理しなければならない事務はたくさん残っている。

一方、台湾で待ちかまえているのが、どのような怪物なのかもわからないのだ。いままでの出張所からの報告、安楽が帰って話した内容、新聞記事の調子。それらに共通するのは、悲観的な重大さを秘めているという点だった。

しかし、ここでいくら悩んだり考えたりしても、どうなるものでもない。反省してみても、やましいことや恥ずべきことは、なにひとつない。このうえは運を天にまかせて、堂々と対決するだけだ。星は船中から、台北検察局に電報を打った。

〈到着しだい、すぐ出頭いたしますから、ただちにお取調べをお願いいたします〉

出頭を延期してもらったのは、反抗や非協力ではなく、やむをえない事情のためだった。また、一刻も早く帰京して、混乱している仕事を片づけたい。この二つの意味をこめた電文だった。

そのあとは、つとめてなにも考えないことにした。心はあまり休まらなかったが、広い海原の眺めと潮風とで、からだのはうの疲労はいくらか回復した。

六月六日の早朝、船は基隆《キールン》港に着いた。そこには基隆署の警官が待っていて、下船してきた星の姿を見ると、近よってきてこう注意した。

「台北の検察局が待ちかねています。寄り道などせず、すぐ出頭せよとのことです」

「もちろん、そうするよ」

と、星は苦笑いしてうなずいた。遊びに来たのではない。早く疑念を晴らしてもらって帰りたいのだ。そのことは、船中からも打電しておいたはずではないか。

基隆から汽車でほぼ一時間、台北駅に着く。そこには出張所の社員や特約店の人たちが、大ぜい迎えにきていた。星をとりかこんで、心配そうに聞く。

「どうなるのでしょうか」

「私にもわからない……」

星自身のほうで聞きたいくらいだ。しかし、長話をしていられず、不正なことはなにもしていないから、それを信じてくれと短いあいさつをし、検察局へとむかった。

部屋のなかで石橋検察官が待っていた。三十五歳前後のやせ型の男で、鋭い目つきをしていた。いかにもやり手の検事といった感じだった。星は相手を見つめながら言った。

「星でございます。どうぞ、ご存分にお取調べを願います」

その星の目つきのほうが、さらに鋭かったのかもしれない。あるいは、東京の岩松検事から、へたに星を刺激するととめどなくしゃべりはじめるから注意しろと、連絡がなされていたとも考えられる。意気ごんできたわりには、石橋検察官の応対は静かだった。安楽の話にあったように、高飛車でもない。

「長い旅で疲れたろう。まあ、その椅子《いす》にかけなさい」

「はい……」

星にとって召喚されて調べられるのは、うまれてはじめてのことである。心のなかは面白くないことで一杯だったが、ことをこじらせないように努めようと思った。そこで、一日も早く疑問の点を正し、営業上の障害を除きたいから、かくすことなく積極的に協力すると申し出た。

石橋は満足した表情になり、質問をはじめた。けんか腰のやりとりにはならなかった。

しかし、取調べというものがこんなにも非能率的なこととは星も考えていなかった。横浜から基隆に原料阿片《あへん》を移送した古い事柄、その販売先であるヤグロ商会、その関係者の名前などについて、くどくど聞かれた。それに答えると、石橋のそばの席にひかえた係が、ゆっくりと書きとる。相手の知りたがっている焦点がどこにあるのか、さっぱりわからない。

いまは台北で最もむし暑い季節。そのなかで、何度も同じような応答をくりかえさなければならなかった。十二時近くなると、石橋検察官は星に言った。

「ここで一休みしよう。ホテルへ戻って昼食をしてきてもいいぞ」

「ご好意はありがたく思いますが、私としては少しでも早く帰京したいのです。ホテルへの往復の時間も惜しいのです。ここの食堂の食事を、この部屋へ取寄せていただけないでしょうか」

「そうしてもいいが、二十銭のライスカレーぐらいしかないぞ」

「それでけっこうです」

星は財布から十銭玉二枚を出して、机の上においた。自分は美衣や美食といった、個人的な快楽を求めて仕事をしているのではない。いま最も欲しいのは上等の料理ではなく、時間のほうなのだ。相手はそれを理解してくれないようだ。星は不満を押えながら、運ばれてきたライスカレーを口にした。

午後も引続き取調べが再開されたが、とくに目新しい話題も出ず、わかりきったような質問がくりかえされた。暑さよりもテンポののろさのほうが、星にとって苦痛だった。五時ごろになると、石橋は書類を閉じながら言った。

「きょうはこれくらいでいい。疲れていることだろうから、ホテルへ帰って休みたまえ」

「私は疲れてはおりませんし、疲れていたとしても平気でございます。まだ取調べなくてはならない点が残っているのでしたら、徹夜になってもかまいませんから、お調べ下さい。お願いいたします。私は一刻も早く帰京したいのです」

「いや、自分としては、この程度でいいと思っている。なお検討して調べ落しがあったら電話をかけて連絡するから、いちおうホテルへ戻っていてくれ」

「では、そういたしましょう」

星はおとなしく従ったものの、内心では割りきれぬ気分だった。あれだけきびしく召喚電報を打ち、家宅捜索をし、新聞記事でさわがせたあげく呼び出しておきながら、こんな程度でもういいとは……。

しかし、ここで争ってもはじまらないし、有利な結果になるわけでもない。なによりもまず事態を正常にもどすことと、総督府専売局からの粗製モルヒネの払い下げを再開してもらうことのほうが先決だ。そのことへの努力をしたほうがいい。

台北の街の道路は幅が広い。五時はすぎていても、南国の太陽がまだ強く照り、暑さがずっとひろがっていた。検察局を出た星は、総督官邸へと足をむけた。東京を出発する前に、多くの人からこう忠告を受けていた。

「台湾へ行ったら、すぐ伊沢長官を訪問し、よく説明することだ。誤解さえとけば、すぐにも片づくのではないか」

それを実行するつもりだったのだ。ひときわ目立つルネッサンス式建築の官邸を訪れ、来意をつげた。しかし、受付の人は引っこんでから「総督は不在です」との答をもたらし、それ以上は取次いでくれなかった。

やむをえず、そこからほど遠くない総務長官の官邸を訪れることにした。その官邸は、後藤新平が長官だった時に星はしばしば出入りし、時には泊ったこともあるなつかしい建物だ。近づいて眺めると、かずかずの思い出がよみがえってくる。

現総務長官の後藤文夫とは、面識のないあいだではなかった。小樽において原料阿片に関する事件があった当時、後藤は内務省の文書課長の地位にあった。星は経過の説明をしに何回か会っているし、解決のために警察局長に紹介してもらったこともあった。

その時の礼も言わねばならぬし、台湾に来たのだから、あいさつに寄らなければ失礼になる。それに、今回の問題も本質的には同一のはずだ。小樽を経由してウラジオストックに送ったのと、基隆を経由したのとのちがいにすぎない。小樽での事件が無事に解決した事情を知っている後藤に口をきいてもらえば、それだけスムースに進展するにちがいない。

しかし、ここでも面会を断わられた。取次ぎの者の口ぶりから、会うのを避けているように思えた。星はかつて会った時の、いかにも役人らしい優柔不断な感じのする後藤の顔を思い浮かべながら、ホテルへ引きあげざるをえなかった。

翌日の朝、石橋検察官からホテルに電話があり、星はまた出頭した。すると、石橋は強い口調でこう言った。

「きのう、総督と長官とを訪問しようとしたそうだな」

「はい、いたしました。いけないでしょうか……」

と答えながら、星は不審に思った。訪問したことを、どうやって知ったのだろうか。自分は他人に話していない。尾行されていたとも思えない。とすると、総督や長官のほうから検察局へ連絡があったためだろうと想像できた。

石橋は命令するように言った。

「よろしくない。被告の身分で、総督や長官を気安く訪れることは、遠慮してもらわなければならない」

「はい……」

こんどは不審に加えて、驚きがあった。星は自分が被告であることを、この時にはじめて知らされたのであった。これまでは、ただ参考人とばかり思っていた。取調べが終り、もしそこになにか不法な点が発見でき、検察局が起訴をきめたというのなら、被告と呼ばれても仕方がない。だが、これでは逆だ。頭から被告ときめておいて、それを完全なものにするため取調べをやっているのだろうか。

石橋の口がすべったのかもしれない。上からの注意があり、つい本当のことをしゃべってしまったのだろう。裏面において進んでいる計画が、ちらりと姿を見せたのである。

しかし、星はどなりたいのをがまんし、午前中の調べを受けた。前日と大差ない、つまらない内容だった。昼になると、石橋は言った。

「これで取調べは終りとする」

「では、帰京してもよろしいのでしょうか」

「かまわない。帰りたければ早く帰れ」

「明後日の午後の船で帰りたいと思います。東京にも日程を知らせておきたいし、見送りに基隆まで来たいという人もあります。その信濃丸の船室を予約してかまいませんでしょうか」

と星は念を押した。石橋は顔をしかめた。

「くどいな。どんな船に乗ろうと勝手だ。乗りたい船に乗れ」

「では、信濃丸で帰ることにいたします。それから、ひとつご了解を得てやりたいことがございます。私のことを心配して、全島の特約店の人たちが台北に集っております。冷凍事業についての講演を聞きたがっているようです。そのほかに希望者を加えて、講演会を開催することに、あした一日を利用してよろしいでしょうか」

暑い気候の台湾の人たちは、とくに冷凍工業に興味があるらしく、星にその希望を伝えていたのだ。石橋はしばらく考えた。へたに許可して、あとで上司から注意されてはかなわない。

「それは見合わせたほうがいいだろう。公開の演説会となると、おだやかではない」

「それでしたら、特約店の者だけに限定して、販売についての会議をすることはいかがでしょう。四十名ほどの集りです」

「そのような私的のものなら、禁止はしない」

「ありがとうございます」

星は礼を言い、紙をかりて台湾滞在中の行動予定表を書いて、石橋に渡した。取調べはすんだというが、出発までに質問し残した点を思い出した時の、相手の便宜を考えたためであった。また、あとで言いがかりをつけられないよう、所在を明確にしておこうと考えたからでもあった。

そして、この許可のもとに、翌八日を一日じゅう、出張所員や特約店の人たちとの会議についやした。本社で企画中の新製品について知らせたり、本社への要望を聞いたりした。また、台湾で栽培をはじめたコカとキナについての報告を受けた。コカのほうはわりと簡単に栽培に成功していた。しかし、キナのほうは成長するのに年数がかかる。生育に適当な地の選定、品種の検討など困難な点が多かった。だが、見通しが立ち、高雄州に原住民を使って広大なキナ造林をする計画が、順調に進みつつあるとのことだった。星はそれを見たいと思ったが、足をのばすひまはない。

信濃丸の切符はとれ、このことを東京に電報で知らせた。それなのに、この船に乗ることはできなくなったのだ。

九日の昼ごろ、星は台湾銀行や農事試験場などの知人のあいさつ回りをすませてから、ホテルへ戻った。出発のために荷物を受取り、宿泊費の払いをするためである。すると、フロントに伝言が待っていた。石橋検察官からの電話で、本日の出発は延期せよとの命令があったという。

星は首をかしげ、また腹を立てた。あれだけはっきりと帰京の承諾を受け、こっちはその準備をすませてしまった。その出発寸前になって、こんなことを告げられては非常に迷惑だ。親切心から、自分の行動予定表を相手に渡したのが、逆な結果になってしまった。黙って別れていれば、こんな連絡も受けないですんだところだろう。

すぐに検察局にかけつけることにした。約束どおり、本日の出発をみとめてもらおうと、考えたのだ。しかし、受付で石橋への面会を求めたが、少し待てとの返事がもたらされているだけで、本人はなかなか会ってくれない。何度さいそくしても、少し待てとくりかえされるばかり。

電話で呼んでおいて、本人が飛んでくると、少し待てとの答だ。失礼きわまることではないか。それとも、被告あつかいをしているため、そうは感じないのだろうか。そのあいだにも、時間はたってゆく。駅では見送ってくれる人たちが、そろそろ集りはじめている時刻だ。基隆発の信濃丸に乗るためには、二時に台北を出る汽車でないとまにあわない。それなのに、すでに一時半を過ぎてしまった。

石橋がすぐ会ってくれたとしても、話をきめて駅にかけつける時間はない。もはや出発は無理だ。星は駅に電話をし、見送りの人に出発の延期を伝えてもらった。

それを待っていたかのように、二時少し前になって、石橋検察官はやっと会ってくれた。星は不愉快さに加え、待たされたいらだちとで、すぐに違約をせめた。声が大きくなったのも当然だった。

「あれだけ断言をなさっておきながら、いまさら出発を中止しろとは、どういうわけなのでしょう。調べ残しがあったのでしたら、きのうご連絡くだされればよかったのです」

「これは上司からの命令なので、気の毒だとは思うが、自分個人としてはどうすることもできない」

「それでは、その上司に面会させて下さい。私から直接に申し上げましょう」

「それはできない。それを許す権限は、自分にはない」

論理を無視した言葉だった。この時、石橋が自分の約束と上司の命令との板ばさみの苦しさをあらわし、誠意を示して個人的にわびれば、この場はおさまったであろう。だが、権力を背景にした平然たる表情だった。

星はこれまで、なるべく事を平穏に運ぼうとつとめてきた。彼の性格として、よくがまんしたといえるほどだった。だが、とうとう爆発を押えきれなくなってしまった。増水した川が堤防を決壊させたように、口からとめどもなく言葉が流れ出した。

「そのようなお答をなさるとは思いませんでした。冷静に事実と理性とを重んじる検察官らしからぬお言葉です」

「…………」

「そもそも、この取調べのやり方は、最初から順序がまちがっているように思えます。原料阿片の基隆への移送や外国への販売は、すべて関係官庁の了解のもとにやったことです。いままでに何回も申しあげてあるはずです。もしこの件に疑点があるのでしたら、私よりも先に内務大臣、次官、衛生局長、医務課長、さらに外務省や大蔵省の関係者について調べるべきではありませんか。当時の内務省文書課長は、現在この近くにおいでのはずです。そのような官庁間の連絡をやらず、まず民間人を引っぱるとは、不親切きわまる方法です。これでは、だれのために官庁が存在しているのか、わけがわかりません」

「…………」

石橋は答えず、星だけしゃべりつづけた。

「もっとも、震災によって、内務省、大蔵省、横浜税関などは焼けてしまいました。しかし、外務省や東京地方裁判所は焼けていませんから、小樽事件前後の阿片関係の書類は、残っているはずです。また、書類が焼失していたとしても、当時の担当者はいるのですから、調べる気になれば可能なことではありませんか」

「…………」

「しかるのちに、私をお調べになるのが順序でしょう。それを怠って、私の家宅捜索をなさった。ここへの召喚の件も報道された。これらの新聞記事のおかげで、私の社は信用は傷つき、営々と努力してきた低温工業の設立は水泡《すいはう》に帰してしまいました。官庁や法律は、国民の保護のためにあるはずではありませんか。それとも私だけが例外なのでしょうか。いささかひどすぎます」

「…………」

「ひどいといえば、総督府が理由も明示せず、私への粗製モルヒネの払い下げを停止なさったことも、なっとくできません。当方に明白な落度があったというのならべつですが、いまはまだ取調べの段階ではありませんか。このような扱いは、アメリカでは絶対に許されないことです。払い下げていただけない理由をお教え下さい」

星は限りなく論じつづけたが、石橋はなにも答えない。時たま答えたとしても、「上司に伝えて相談してみる」とか「自分の権限ではなんとも返答できない」といった紋切り型の文句を短くはさむだけだった。検察官として、質問攻めをするのにはなれていても、その逆の経験はなく、突然こうまくしたてられて面くらってしまったためかもしれない。また、答えようにも、どう答えていいか知らないのだろう。いや、あるいは答えるべき裏面の事情を、石橋はかなりくわしく知っているかもしれない。だが、そうだとしても、それを口に出して打ちあけられる立場にはないのである。

石橋検察官の口は閉じたままだ。人形にむかって議論しているような気分だった。そして、この人形をあやつっている存在のほうには、ここでいくら叫んでも響かない。星はあきらめ、ホテルへと戻った。

ホテルに戻ると、人びとが待っていてくれた。見送りのために駅へ集ったのだが、出発延期と知って、解散もせずここへ移ったのだ。みな気づかわしげな顔をしていた。事情の急変が、好ましい原因のためとは思えないからだった。

星は一同に、歯ぎしりしながら今のいきさつを話した。

「……このように、不当としか呼びようのない扱いなのだ。日本はいま、大いに発展しようとしている。私も日本最初の試みである冷凍工業をおこし、国の発展に寄与しようとした。その時期をねらって、私を無理に召喚した。国家の利益がどうであろうと、一個人をいじめるほうが好きらしいとしか思えない」

みなはその無茶に対し、涙を流しながら同情してくれた。また、自分たちもいつそんな目にあわされるかわからないと、恐れおののく表情もあった。

しかし、星の気分は晴れない。ホテルの自室の机にむかい、さっきしゃべったことを文書にまとめはじめた。あれだけ強く主張したが、石橋検察官が上司に報告する時には、適当にやわらげられてしまうだろう。まったく伝えない場合だって考えられる。上申書として提出したほうがいいように思えたからだ。

書き進めるうちに、さっきの興奮が心に戻ってきた。字に力が加わり、

〈本日のような残忍きわまる取調べをされるくらいなら、当人としては、あっさり銃殺でもされたほうがまだ満足である〉

という文章を入れた。そして署名し、印を押し、人にたのんで石橋検察官にとどけてもらった。

翌日、電話で呼出しがあった。出かけて行くと、石橋がこう注意した。

「提出した上申書を読んだが、あのなかにある銃殺についての文は不穏当だ。この部分を書きなおしてもらいたい」

「そういたしましょう」

星は承知し、指摘された個所をその場で訂正した。上申書が握りつぶされるのではなく、上司に渡してくれそうだと判断したからである。書きなおしは本意でないのだが、頑強に拒否したあげく、目の前で破り捨てられるのよりいい。

そのあと、三十分ばかり取調べがあったが、例によって、なんということもない件を、くりかえし確認しただけのことだった。きのうあれだけ星の説を聞かされ、上申書を読んだというのに、変りばえはしなかった。そして、石橋は言った。

「さあ、これで終了だ。もう帰京していいぞ」

「本当によろしいのでしょうか」

「その通りだ」

普通の人なら皮肉めいた言葉を出すところだろうが、星はそんな性格でなかった。かりにあったとしても、わずかこの三十分の取調べのためだけで、予定をめちゃめちゃにされたことへの怒りで、皮肉も口から出なかっただろう。

新しい疑問点が発生し、それについて調べる必要があったのなら仕方ない。しかし、権力を利用して、いやがらせを楽しんだとしか言いようがない。

かくして予定より二日後の六月十一日、星は扶桑丸《ふそうまる》に乗船し、やっと出発することができた。人びとは基隆港まで見送りに来てくれた。これからどう展開するのかわからない不安をまぎらすように、船の影が見えなくなるまで手を振っていた。

星もまたそれにこたえて、台湾が水平線のかなたに沈むまで、船の上に立ちつくした。それから気がついてみると、船客のなかにひとりの人物を発見した。石橋検察官の姿があったのだ。

星の主張を上司と相談して採用し、東京の各官庁を調べに出張することになったらしい。しかし、星にとってはあまり楽しい旅の話し相手ではない。軽くあいさつをしただけだった。石橋のほうからも、とくに話しかけてこなかった。あの長い議論を聞かされてはかなわないと警戒したからだろう。

希望が実現したわけだったが、じつは星にとって、そう歓迎すべきことでもなかったのだ。起訴したあとで、どこかの官庁から星に有利な証明が出てこないとも限らない。そうなったら、裁判が簡単に逆転してしまう。星の提出した上申書の内容を検討したあげく、検察側としては、その点を確かめておかなければならないことに気がついた。彼らのほうが事件にはなれているだけに、一枚うわてであった。星としては興奮してしゃべりすぎ、相手に知恵をつけてしまったともいえた。

16

この事件において、不運とか不幸としか呼びようのないことが、星につきまとっていた。阿片《あへん》を扱うには特に慎重であれと、星はみなに注意していたし、担当の安楽常務もその性質から、きわめて注意ぶかく官庁関係の書類を整理保存していた。好意を持たぬ連中が、いつどんな横やりを入れないとも限らないからだ。

しかし、関東大震災によって、それが焼失してしまったのである。

震災による直接の被害を、星はほとんど受けなかった。工場の設備や、倉庫の原料や製品はまったく無傷であり、生産に支障はなく、営業成績は上半期よりも伸びさえした。京橋の本社のビルも、上のほうの階に火が入ったにとどまった。他の会社にくらべ、非常な幸運にめぐまれたといえる。

しかし、その火の入った部屋に書類が保存されていたとは、神の気まぐれとしても、あまりに悲劇的すぎた。紙屑《かみくず》として売っても、一回の食事代にすらならないわずかな量だ。極秘事項でもなく、同業者だって興味や関心を示さない。泥棒が侵入しても、決して目もくれない古い不要な書類である。だが、事態がこうなってくると、比較する対象すら思い浮かばない、莫大《ばくだい》な損失となってくる。ビルの全部が消滅しても、書類が残っていてくれたほうがありがたいとすら言えるのだ。

それらの書類がありさえすれば、すべての行為は官庁関係の了解のもとになされたのだと、簡単に証明できる。だが、大部分が焼失し、検察側はこの事実を、家宅捜索の時に知ってしまっている。切札のないことを相手に知られたうえで、トランプの勝負をつづけなければならないような、不利で苦しい立場だった。

石橋検察官にむかって星がどなるようにしゃべり、また上申書にして提出したというのも、取調べの筋道を正す意味だけではなかった。一時の興奮にかられただけでもなかった。この苦慮のあらわれだったのである。各官庁に残っている書類や証人を、検察側によって調べてもらいたいのだった。民間人には手の出しようがない。

上京した石橋は検事局に本拠をおき、各官庁をまわりはじめたらしかった。在京中の彼に呼び出された時、星はこう聞いてみた。

「官庁関係のご調査は順調に進んでおりましょうか」

「いちおうやっておる」

「よくお調べいただきたいと思います。それで、当時の内務大臣や次官もお調べになりましたでしょうか」

大臣は最高の責任者であり、星も直接に会って、何回も原料阿片の問題を話している。事実の裏付けには最適のはずだ。しかし、石橋は首をふった。

「それはまだだ。取調べの予定には入っていない。第一、行っても会ってくれるかどうか、わからないではないか。世の中には常識というものがある。そんなことはできないではないか」

「そのお言葉は、理屈としておかしいように思います。私の場合には、こばめば手錠をはめてでも連行すると、検事のかたは、えらい勢いでおっしゃいました。それと同じ権力をお使いになれば、よろしいでしょう。法の前には、取調べの差別はないはずでございましょう」

「いや、相手が高官では、そんなことはできない。そんなに大臣の調査を望むのなら、面会できるかどうかつごうを聞いてきてくれ。そうすれば乗り出してもいい」

石橋としては、これで口を封じたつもりだったのであろう。いくら星でも、そんな依頼には行かないだろうし、行ったとしても、やっかいな取調べに当人が応じるわけがない。

しかし、星は当時の内務大臣だった床次《とこなみ》竹二郎を訪れた。解決のためには、しりごみしていられない。事情を話すと、床次は承知してくれた。

「検察官が来てくれれば、いつでも面会する。自分の知っていることについては、喜んで話す」

この言葉を星は石橋に伝えたが、とうとう実現はしなかった。気おくれもあっただろうが、反対党の元大臣を調べたところで、星に不利な資料は得られそうにないと考えたためであろう。

事実、石橋は官庁をまわっても、星に有利なことは熱心に調べてくれないらしかった。星はこう申し出てみた。

「官庁をおまわりになる時、私を同行なさって下さい。官吏は多くの事項を扱っておいでですから、数年も前の阿片については忘れていることがあるかもしれません。その場合に、私が立ち会って記憶を呼びもどすよう助言すれば、調査はより正確になり、スムースに進むことと思います」

石橋の一方的な動きをさまたげたかったし、石橋に迎合していいかげんな発言をしないよう、そばについていて官吏を見張りたかったのだ。しかし、もちろん同意はしてくれなかった。

官吏というものは、平常は縄ばり意識を持っていて、他省の官吏を押しのけたがる。だが、このような場合になると、協力的な動きをとって助けあうものだ。まして、内務省衛生局には、星に対して好意を持っていない者が多い。こんな条件が重なりあい、石橋の手もとには星に不利な資料ばかりが集った。

それでも星は奔走し、自己に有利な発言をしてくれそうな者の氏名をあげ、リストにして石橋に提出し、取調べをしてくれるように願った。だが、ほとんどやってくれない。やってくれても、それを記録してくれない。記録したとしても、つごうの悪いのはあとで握りつぶしてしまうという形だった。

星の会社の者では、安楽のほか秘書課長が簡単な取調べを受けた。安楽は社に戻ってから、星にこう言った。

「台北で会った時には、石橋検察官は悪鬼のような人に思えた。しかし、きょうの態度はいやにやさしくなっていた。誤解がとけはじめたのではないだろうか。このぶんだと、まもなく形勢は好転するにちがいない」

いつもに似あわず、安楽は楽観的なようすで喜んでいた。それとは逆に、星は首を振るのだった。

「いや、そう希望的なものではないようだ。めざす資料がそろいつつあるので、満足しているためだろう。もう、躍起になってどなる必要がなくなったというのだろうな……」

やがて、台北地方法院から、星に通知がもたらされた。大正十四年十月十九日に公判を開廷するというのである。ついに正式に起訴され、いやな予想がたちまち現実となってしまったのだ。

検察官長の公判請求書の内容は左のごときものであった。

星一、関戸信次、木村謙吉の被告三名は、台湾においては牛阿片の売買が法規上禁止されているにもかかわらず、共謀のうえ犯意を継続し、星製薬出張所で外国人に販売した。これは台湾阿片令違反である。

すなわち、基隆の保税倉庫にある原料阿片をヤグロ商会に売ったことが、犯罪を構成するというのである。

なお、関戸は横浜にある三洋運輸の専務で、ヤグロ商会との商談を最初に持ってきてくれた人。早大を出てハーバード大学に留学し、文学青年的なところもある人柄だった。木村は星の台湾出張所の社員で、ぶあいそうな顔つきだが実直な中年男。阿片の事務のほか薬草園の管理もかねていた。

半透明の膜のかなたで不明瞭《ふめいりよう》な動きをつづけていた存在が、ここではっきりと出現したのだ。星は正式に刑事被告人のレッテルをはりつけられた。これをはがすのには、どれだけの時間と力を使わなければならぬのだろうか。はがすどころか、そのうえに有罪のレッテルをはりつけられることになるのだろうか。

この起訴についてよく考えると、どうもすっきりしない点がある。原料阿片を基隆経由で外国に売ったことが、かりに犯罪であったとしても、星ひとりでできる行為ではない。総督府の目を盗んですばやくやったことでもない。目の前でおこなわれるのを見ていた、総督府そのものの責任はどうなのであろう。

この点に関しては、裏面の総指揮者である台湾高等法院の検察官長、後藤和佐治も内心では困ったらしい。着任して以来、槍玉《やりだま》に賀来《かく》佐賀太郎をあげて被告席にすわらせようと、辞任させたあとを徹底的に調べた。〈賀来前長官、今夕収監か〉という見出しが新聞にのったりもした。

賀来は総督府はえ抜きの役人で、専売局長をへて総務長官になるまで、人生の大部分を台湾にささげたことになる。これだけの期間を権力とともにすごしたのだから、普通なら、調べればなにか問題になる件が出てくるはずだった。しかし、その予想に反して、いっこうに発見できなかった。

賀来は久邇宮《くにのみや》と乳兄弟という育ちで、そのため意識して身を持していたわけであろう。いつもハカマ姿で役所に出勤し、口もとに力を入れているような容貌《ようぼう》だった。見るからに謹厳そのものであるばかりか、性格もまたそうだった。そして、役所内において人望もあった。

いかに突っついてみても、不正らしきにおいは少しもあがってこない。まして、星と共謀して政友会や後藤新平のために政治資金を作った痕跡《こんせき》すらない。これでは、賀来を総督府側の責任者として容赦なく起訴すると、後藤閥の一掃どころか、逆に現在の総督府が混乱におちいりかねない。賀来は退官したあと熱帯産業という会社の社長になり、久邇宮家の相談役にもなってしまった。こうなると、ますますへたに手出しはできない。

見込みちがいに後藤和佐治はあわてた。といって、このままではおさまりがつかない。やむをえず、賀来が専売局長をしていた時の部下、塩脳課長の松下芳三郎を総督府側の罪人に仕立てるべく、つぎのねらいをつけた。星への粗製モルヒネ払い下げの、直接の係であった男である。

上司である後藤検察官長にそのことを指示された石橋検察官は、台北南警察署長の原清治を呼んで命じた。

「塩脳課長の松下を逮捕してきてくれ。阿片に関して不正を働いているはずだ」

しかし、原は気骨のある人物で、これを拒絶してしまった。

「ご命令ではありますが、なにもしていない者を逮捕することはできません。松下がまじめな人間であることは、私がよく知っております。どうしても逮捕なさりたいのでしたら、ご自分で直接におやり下さい」

上司の命令を断わるのは、当時として容易にできないことであった。石橋がむりに事件を作りあげようとしているのを知って、腹にすえかねていたのであろう。

これにもまた、検察側は手を焼いた。松下を引っぱるには署長を交代させなければならない。権限によって可能だとはいうものの、さらに事をこじらせるばかりだ。しかし、松下を職にとどめておいて裁判をはじめると、弁護側に呼ばれて、いつどんな証言をするかわからず、まことにぐあいが悪い。だが、仕事ぶりを調べても、免職にするような理由が見つからない。

あげくのはて、東京の内閣に運動し、朝鮮総督に交渉してもらい、そこへ転任させるという始末をつけた。ひとりの課長に対して、このような手間のかかった大がかりな人事異動をおこなったのは、前例のないことだったろう。

かつて日清戦争で、はじめて台湾という領土を得た日本は、そこに優秀な人材を選んで送りこんだ。彼らは使命感を持ち、また総督に軍人が多かったこともあり、質実な気風が定着した。周囲からの影響もおそいために、明治のなごりは、内地よりもかえって強く残っていた。要するに、総督府の官吏の大部分は、清廉《せいれん》潔白と呼べる状態であったようだ。

また、在留内地人にも、食いつめて流れてきた者は少なく、雄飛の志を抱いて進出してきた感じの者のほうが多かった。

腐敗堕落しているとのうわさは、憲政会の耳に快く響かせるための、根拠のないものにすぎなかった。針小棒大であり、火のない所にあげた煙のようなものだった。

これをうのみにして意気ごんだ加藤内閣も、新任の伊沢総督も、いささか認識不足であったと、おくればせながら気がついた。しかし、ここまで加速度がついてしまうと、いまさら中止もできない。すべてを白紙にもどし、星への払い下げを再開したりしたら、威信にかかわる。強引に起訴にふみ切ったのであろう。煙の下に火がなければ、そこでなにかを燃やす以外にないのだ。

総督府のなかから被告の出ないことは、検察官側の弱点であると同時に、星にとっても一種の弱点であった。

賀来をはじめ、総督府の官吏のすべての了解のもとにした行為だとあくまで主張すれば、なんらかの形でその人たちに迷惑をかけることになる。総督と星との板ばさみになり、苦しい立場に追いこんでしまう。いままで台湾の産業育成のために、おたがいに理解しあい協力してきた人たちだ。彼らの手をつかみ、この激流に巻きこむことは忍びがたい。被告側としては、それ以外の方法で流れを越える対策を立てねばならないのだった。

17

星は青木徹二弁護士とともに、台湾へむかって出発した。青木は五十歳をすぎた学者タイプの人で、多くの著書があり、民事では一流との評判だった。なお、台北で開業している安保忠毅、岡野才次郎の両弁護士にも協力を依頼してある。

十月十四日に神戸港から扶桑丸に乗船した。船は瀬戸内海を航行し、いったん門司に寄港する。門司まで汽車で直行し、そこから乗船してもいいのだが、青木弁護士と打合せる時間を多くするため、この旅程をえらんだのだった。

門司で寄港した時間をねらって、多数の新聞記者が船へやってきた。家宅捜索以来の一連のニュースであり、記者としても取材に値する事件である。無遠慮な質問が星にむけられた。

「どうなのですか、この阿片事件の裁判の見込みは」

「それは私にもわかるわけがない。いまの心境は、すべて神さまにまかせてあるとしか、答えようがない」

自分の信ずることをおこなって、こうなったのだ。取調べがはじまってからは、できるだけの協力もした。人事をつくしたあとは天命を待つ以外にない。しかし、記者のひとりは、こんなことを言った。

「そうなると、この裁判の結果は悪いことになりそうですよ」

「そんなことは断言できないはずだ。私は無罪を信じている。なぜ、そう思うのか」

「つまりです。いまは十月、神無月《かんな》です。神さまはみな出雲大社にお集りになる時期で、台湾ではお留守ではありませんか」

軽妙な冗談だったわけだが、気になる不吉な予言でもあった。現実もまた、そのような方向に進んでいたのだった。

門司を出航したつぎの日、台湾から船中の星に電報があり、起訴の事項が追加されたことを知らされた。左のごとき内容である。

本島においては生阿片《あへん》は絶対に私有を許されていないにもかかわらず、被告星はそれを基隆保税倉庫に搬入し、私有した。台湾阿片令違反である。

すなわち、原料阿片を横浜から移送したことが犯罪だというのである。星は青木弁護士に電文を見せた。

「このような追起訴がなされたようです。もとはといえば国の指示で強制された行為で、なにもかも官庁の了解でしたことです。どういうつもりなのでしょうか」

「わからない。公判の日がこれだけ切迫し、弁論の用意のひまも与えずに起訴を加えるとは、とてもまともな頭では考えられない」

「なにが目的なのでしょうか」

「こうなってくると、裁判で理非を明らかにしようというのではなく、あくまで罪人を作りあげたがっているようだ。気ちがいが刃物を振りまわしているのに似ている」

と青木は顔をしかめた。この件はかりに犯罪を構成したとしても、二年以上も前のことで、一部はすでに時効にかかっており、そのほかも時効になる寸前のことである。

それを今になって不意に持ち出した。法律問題にすることは可能だろうが、普通のやり方ではない。検察側も気がとがめ、ためらったあげく、武器のひとつとしてとりあげたのだろう。青木弁護士が正気のさたとは思えないと言ったのは、この無茶についてである。

門司から三日で基隆港につく。この港口は陸地のほうから奇岩が海に突き出しており、また、社寮島という、むかしスペイン人が根拠地をもうけた島もあり、眺めは悪くない。内地との連絡の要港であり、産業の発達にともない、数次にわたって大がかりな築港工事がなされ、岩壁には倉庫が立ち並んでいる。問題の保税倉庫もそこにある。

ここは特殊な地勢のため雨が多く、この日も曇った空から倉庫に雨がふりそそいでいた。いつもは少しも気にならない光景だが、この日はいやな印象を受けるのだった。

汽車で台北へ着き、ホテルでさっそく打合せにとりかかろうとした時、やってきた安保、岡野両弁護士が弱った表情でこう報告した。

「あすから裁判がはじまるわけですが、うわさによると、この公判は傍聴禁止でおこなわれるとのことです」

「まさか……」

星は驚き、少し青ざめた。新聞によって全国に知れわたった事件であり、外国にも報道されている。それが秘密裁判でおこなわれるとなると、世間はどんな臆測《おくそく》をするかわからない。重大なる犯罪をおかしたと思うにきまっている。それに、公正な審理や判決も期待できない。

また、諸外国は日本の阿片行政について、疑惑の念を深くするにちがいない。現に、賀来前総務長官は日本を代表してジュネーブの国際阿片会議に出席し、台湾における吸飲者激減政策を報告し、賞賛されたばかりである。日本としては大成功で、国際的地位を大いに高めた。それが帰国と同時に職をやめさせられ、被告とはならなくても、今回の件で数回の取調べを受けている。

英国の新聞はこれを報道し、日本の代表者に阿片密売容疑がかかっていると記している。東洋における日本の動きを抑制する企図もあるのだろうが、これでは対外的信用を傷つけたままということになる。秘密裁判はなんとかして防がなければならない。

星は考えたあげく、その対策として速記者をやとうことにした。弁護士の助手の形で法廷に残すのである。急なことでもあり、台北という町のことでもあり、さがすのに骨を折った。やっと二人みつけだした。能力の点ではたよりないようすだったが、この際ないよりましだった。

十月十九日、公判日となった。法院はレンガ造りの建物で、傍聴者は四十人ほど収容できる。その限られた席をめざして、早朝から多くの傍聴希望者が押しかけ、すぐに満員となった。入りきれない者は室外に立って、窓越しに裁判を聞こうとしている。その整理にてまどり、予定は九時だったが、九時半に開廷となった。裁判官の有水常次郎、検察官の石橋省吾、星、関戸、木村の三被告、青木、安保、岡野の三弁護士と関係者がそろった。

ここの法廷の内部は特殊なつくりになっていて、裁判官の後方に一段と高く、特別傍聴席なるものがもうけられている。そこには高等法院の後藤検察官長、宇賀専売局長をはじめ、新人事による総督府の高官たちが十数人ほど並んですわっている。総督や長官の姿はなかったが、その代理の者もまざっているにちがいない。

高官たちが判事のうしろに控え、被告を傲然《ごうぜん》と見おろしている形は、公正な感じとはほど遠い。判事を無言のうちに圧迫し、被告にけしかけているようであった。この特別傍聴席は、いつもはほとんど利用されないのだが、今回はとくに椅子《いす》をふやしてあった。この裁判についての、新しい高官たちの期待がはっきりとわかる。

まず、青木弁護士が立ち、弁護の必要上、速記をつけたいから許可をいただきたいと申し出て、裁判官はそれをみとめた。

石橋検察官は簡単に起訴理由をのべたあと、傍聴禁止を申請した。うわさはやはり事実だったのだ。弁護側は異議を申し立てたが却下され、一般の傍聴者たちは、せっかく苦心してすわった席から追い出されていった。特別傍聴席はそのままである。扉《とびら》はとざされ、窓はしめられ、静かななかで威圧感はさらに高まった。古代ローマの闘技場で、奴隷《どれい》と猛獣の戦うのを見物した貴族たちのことを連想させた。そのなかで、三被告に対する尋問が、時間をかけてつぎつぎとおこなわれた。

石橋検察官は論告をした。口調は鋭かったが、内容はいささか粗雑だった。途中、

「世間には本件の検挙を、上司の指示による権力の乱用であると言う者があるらしいが、決してそんなことはない。たまたま阿片令を調べているうちに発見し、黙視することができないから起訴したのである」

と弁解を加えたりした。そして、本来なら懲役三年の刑を科すべきだが、事件の古い点と三名の性行を考え、罰金が至当と思う。さらに、追徴金として二百九万円を科すべきだと求刑した。

その日は五時に閉廷となった。被告側はみな精神的に疲れはてた。いずれもはじめての体験であり、はげしく質問攻めにされ、そのあげく二百九万円も払うべきだと言

われた。むりやり大金を取り立て、星の会社をつぶしてしまおうというのであろう。

次回の法廷は、翌々日の午前九時半に開かれた。しかし、本日は公開でおこなわれることになった。前日に青木弁護士が各方面を訪れ、秘密裁判でやることの影響の重大さを説明してまわったのがみとめられたためである。

学者としても著名な青木弁護士の弁論を聞きたいというわけで、傍聴席はまたも満員となった。特別傍聴席のほうも、前回の高官たちにかわって、勉強熱心の官吏や法律関係者で埋まっていた。そのため、緊迫感はいくらか薄れていた。

そして、三人の弁護士が弁論を展開した。その主張の要点をまとめると、つぎのようになる。

保税倉庫内に置いた品物は輸入したとみなすべきでなく、密輸入という容疑は筋ちがいである。台湾阿片令ではたしかに生阿片の私的な売買や所有をみとめていないが、その法の精神は島内の不正消費を防ぐのが目的で、このような件に適用すべきではない。アメリカでは酒の禁止令がしかれているが、商社がヨーロッパからブドウ酒を買付け、保税倉庫経由でカナダに売るのまでは禁止していない。

また、ヤグロ商会への売却交渉はすべて東京でまとめたもので、台湾で訴えられたのは言いがかりをつけられたようなものである。そもそも、本件はすべて官庁の了解のもとにしたことで、本社の書類が焼けていなければ、問題にもならなかったはずだ。

検察官が立って言った。

「弁護側は証拠書類が焼けていなければと言うが、焼けていなければもっと大きな犯罪が明白になったはずである。そんな小理屈は口にせず、もっと堂々と論じていただきたい」

弁護側も反論した。

「お言葉がすぎます。無から事件を作りあげたのは、検察官のほうです。この裁判は星を有罪にし、粗製モルヒネ払い下げ権を取りあげるためのものである。憲政会がそれを目標にしているのだと、少し前の万朝報や大阪毎日新聞も論じているではありませんか」

当然のことながら、裁判そのものの不当を責めることにも重点がおかれた。ほとんど同様なことが小樽で問題となったが、それは内地の裁判所で不起訴と決定しているではないか。

また、基隆の保税倉庫においたのがいけないのなら、横浜にあった時も不法のはずだ。しかし、その品のなかには内務省にあとで納入したものもある。官庁が密輸品と知ってて買ったことになるではないか。不正でないなによりの証明だ。だいいち、あと二カ月で時効になるのを、急いでむしかえしたのも理解できない。

ほこさきは、検察側の提出した資料にもむけられた。石橋が上京して集めてきた取調書のことである。これらの多くは、検察官の誘導と役人の保身とで作られたあとが歴然としていた。当人にとってつごうの悪い点や、責任のかかってきそうな点は、前任者や後任者に巧妙に押しつけあっているのだ。

事件当時の内務省の中川衛生局長は、いま大阪府知事となっているが、検事の照会に対して、自分はなにも知らないと答えている。星の阿片納入を許可する文書に印が押してあるそうだが、部下のだれかが勝手に押したのだろうと。

外務省の課長の供述には「ウラジオストックに積出すことに賛成したが、売ることの承認はしていない」という変な言葉があった。わざわざ運賃を払って船に積みこみ、高価な品を海に捨てに行く者など、あるわけがないではないか。

横浜税関の役人のなかには、書類の全焼しているのをいいことに、さらにいいかげんな供述をしているのがあった。「保税倉庫に原料阿片があったなど、少しも知りませんでした。あったとしたら、どさくさにまぎれて入ってきた品でしょう」と答えている。合計したらこの法廷の三倍ぐらいの大きさの品が、どうまぎれこめるというのだろうか。

一方、民間人に対しては、法律知識にくわしくないのにつけこみ、すぐ拘留するなどとおどかし、検察官の意に合うようなことを言わせている。とくに青木弁護士の指摘は鋭く、弁護側のほうが押しぎみだった。

午後の六時になり、裁判官は弁論の終了をみとめ、判決は来月すなわち十一月の九日に言い渡すと告げた。

はたして判決はどうなるのだろうか。それはだれにも予想できないことだった。

この滞在中、星は法廷以外の時間を利用し、出張所員や販売店との会議を開いた。また、薬草園における栽培法の改良についても論じあい、休むことがなかった。彼らは星の裁判を心配して集ってきたのだったが、反対に販売促進を激励されることになってしまった。

星は帰京し、判決の日を待った。

十一月の九日、判決の日には被告の出廷を必要としない。東京の星のもとへ、安保、岡野両弁護士から、電報で結果を知らせてきた。

有罪。星は罰金三千円、他の二名はそれぞれ二千円。そのほか、追徴金として百二十六万六千円が科された。

裁判官による判決の理由は、こうである。

保税倉庫への搬入は輸入とみとめる。税法的には未輸入であっても、産業発達という経済面を目的とした制度であり、それを行政取締りの面まで拡大すべきではない。

被告は官吏の許可や承諾のもとにおこなったと主張するが、それがあろうがなかろうが、違法な行為はあくまでも違法である。したがって、本来はこれを没収すべきだが、現物はヤグロ商会に売却してしまった。したがって、それに相当する価格を追徴する。検察官は高い相場を基礎に請求したが、本官はそこまでする必要はないと思い、前記の金額に決定する。

被告側の敗北であった。星の心は不満で一杯だった。国のためにと思って、予算の立替えをした形で、了解のもとに苦心して外国から買いつけた品だ。その後、国が処分しろと命じたから、損をがまんして外国に売った品だ。それなのに有罪とされ、追徴金と称してその代金を取りあげてしまおうというのだ。強盗にあったようなもので、被害者はむしろこちらではないか。

阿片相場の波に乗って数倍のもうけをあげ、あとで仕入値だけを追徴されるのとはわけがちがう。星の社をつぶすのが目的だ。星のからだから肉を大量に切り取り、力を弱め、倒そうとしているとしか思えない。

星は青木弁護士と相談し、すぐ控訴《こうそ》するように台北に返事をした。

台湾の裁判は地方法院と高等法院の二つから成っていて、この第一審は地方法院でなされた。高等法院はさらに二つに分れていて、覆審部と上告部とがある。覆審部は内地の控訴院、上告部は大審院にそれぞれ相当するのである。したがって、次回は高等法院の覆審部でおこなわれることになる。

このように内地と似てはいるが、根本的に大きく異なる点があった。法院条令の第一条にはこう記されている。

〈台湾総督府法院は、台湾総督に直属し、民事刑事の裁判に関する事務をつかさどる〉

総督に直属の個所である。すなわち、司法権が独立していず、総督の権限下におかれているのだ。

台湾における総督の権力は一般の想像以上に強大で、ほとんどすべてに及ぶことになっている。権限外にあるものといえば、軍事関係と、通信関係の一部ぐらいであった。内地の議会からの圧力もあまり及ばない。諮問《しもん》機関として評議会なるものがあるが、諮問の事項も開会も、総督が自由にきめられる。支配者と呼べる地位だった。

したがって、重大問題となると、総督の意向が大きな影響をあらわしてくる。かつて、明石総督の時代、他の製薬業者が連合して代議士の一部に働きかけ、議会の問題とし、粗製モルヒネの払い下げ権を星から分割し、その利益にあずかろうとしたことがあった。その際、明石総督は首を縦に振らず、ついに運動は立ち消えになった。

総督が好意的ならこのような結果になるのだが、今回は事態が逆になっている。憲政会内閣がある先入観を持ち、星をねらって方針をたてている。

内地での裁判なら無罪の確信もあったのだが、台湾でとなると、有罪になるかもしれぬとの不安がないでもなかった。そして有罪となった。となると、控訴はしても、前途に楽観的な期待を抱くこともできない。しかし、有罪をみとめて莫大《ばくだい》な金を払うという、第一審の判決に服することは、もちろんできないのだ。

18

いうまでもなく、台湾総督府は星に対する粗製モルヒネの払い下げを、依然として停止しつづけた。といって、この産業を廃止するわけでもなかった。専売局の工場は従来どおりに仕事を継続し、そのため、倉庫のなかには製品にすれば六百万円にもなる粗製モルヒネの滞貨ができあがった。

これをほかの製薬業者たちが見のがすはずがない。いや、こうなるのを待っていたわけでもあり、こうなるようにしむけたともいえるのだった。

この払い下げを受けようと、大小さまざまな社が公然と運動を開始した。会社の数にして三十三社、請願書の数にして六十二通という大波が、すさまじいまでに先を争って、総督府はじめ関係官庁に押し寄せた。

時ならぬゴールド・ラッシュであった。大戦中の安易な金もうけの味を忘れかね、なにかうまい商売はないかとねらっていた連中にとって、絶好の目標だった。不景気という砂漠のなかできらきらと光る金鉱のようなものだ。

権利さえ手に入れれば、あとは簡単だ。製法は以前に、衛生試験所が官報に発表している。出来た製品は星の開拓した販路に乗せるだけでよく、こんないい話はない。事業家として手をこまねいてはいられない。三十三社のなかには即製の会社もまざっていた。

しかし、総督府としては、すぐその請願書の検討をはじめるわけにはいかない。一審では有罪にしたものの、星は控訴中で確定した判決はまだだ。この段階で他社に移しては、問題になる。態度の決定をためらっていた。

これを待ちきれない事業家たちは、促進のために芝の今入町にある憲政会本部に働きかけた。裏面では相当な金額の運動費が動いた。このような点にかけては、事業家より政党人のほうが一枚うわてだ。いかにもみこみがありそうに答え、だが、競争相手の多いことをほのめかすのも忘れない。業者はさらにつぎ込むことになり、ある程度つぎ込むと、途中であきらめることもできなくなる。

莫大な金が集ったものと想像できる。そして、この金は三木武吉の手によって、来るべき東京市会議員選挙の資金として、惜しげもなくばらまかれたとのうわさもあった。

そのためかどうか、翌年におこなわれた選挙では、東京市議八十八名の定員中、憲政会系が五十名を占めるという驚異的な結果があらわれた。

また、ある政務次官は払い下げ運動のあまりの激しさを知って驚き、後日こう述べている。

「もし、この全貌《ぜんぼう》が暴露されたら、松島遊廓《ゆうかく》事件にも劣らないさわぎとなったであろう」

松島事件とは、大正十五年に、大阪の松島遊廓の移転をめぐっておきた疑獄事件のことだ。移転先の地価暴騰《ぼうとう》による利益をねらって、政党首脳や役人に多額の賄賂《わいろ》が流れたと野党に指摘され、首相が告発される事態にまで発展した。ために憲政会内閣が窮地に追いこまれたという、不祥事である。

一方、星のほうも、あきらめてしまったのではなかった。こんなことで権利を他社に移されてはかなわない。また、このような前例を作ったら、危険をおかして新しい産業をおこそうとする者もなくなるだろう。ようすを見ていて、あとから政府に働きかけて割り込むほうが利口だ。国家の伸びるブレーキにもなってしまう。

星は知人の代議士を通じ、払い下げの再開を衆議院に請願した。前回の落選がいかにも残念だった。他人を通じてだと、意を充分につくしにくい。

しかし、星に同情する請願委員会の委員たちは、なかなかよくやってくれた。

「星に対して払い下げを中止した理由をお聞きしたい。大量の粗製モルヒネの在庫があるそうだが、そのままにしておくつもりなのか。総督府の財政上の損失ではないのか」

これに答弁する後藤文夫総務長官は、しどろもどろだった。

「総督府は最も公明正大な方法で処分するつもりで、目下研究を急いでいる」

「どんな方法で、いつ実施するつもりなのかをうかがいたい」

「それは、まだ発表すべき段階に達していない」

「大正四年以来ずっと星に払い下げてきたのは、公明正大ではなかったことになるが、そうなのか。星に対して中止したのは、どんな理由からなのか」

「それは……」

「研究を急いでいるというが、何年がかりでやるつもりなのか」

「なるべく早くとしか、申しあげられない」

後藤長官は立往生してしまった。上司には忠実な能吏も、このような舞台ではぱっとしない。彼自身、内心では星の起訴がちょっと無理なことを知っている。だが、上司の方針にはさからえない。信念にもとづいた答弁がしにくかったのだ。早く星の有罪が確定してくれれば事務の処理がやりやすいのだが、控訴を押えることはできない。苦しい立場だった。

星の請願は払い下げ再開の効果をあげなかったが、他社へ移すのを牽制《けんせい》する役には立った。総督府もこうなってくると、軽率なことはできない。粗製モルヒネの在庫は、量を増してゆくのだった。

払い下げ運動では、伊沢総督や後藤和佐治検察官長と同県人である三原作太郎の三原製薬が、最もスタートがよく、最も密着し、最も熱心で、最も手がこんでいた。三原製薬はその台北出張所のとなりに、グレー商会という貸自動車屋を作った。そして、出張所員たちも、薬品の販売よりこのほうに専心した。

奇妙な現象に思えるが、これがなかなか巧妙な作戦だった。総督府の高官の家族に自動車を運転手つきで提供し、買物や観劇や温泉旅行の便をはかったのである。はては女中の買物まで手伝ったという。断わりにくい魅力的なサービスであり、自宅へ親しく出入できる。情報を集めるのにも、運動を促進するのにも悪くない方法だった。

そのかいがあって、大正十四年の二月、すなわち星の台湾出張所に調査の手がのびはじめたころということになるが、台湾製薬と称する資本金二十五万円の小会社が設立された。表面的にはそれと知れないが、株式の大部分は三原作太郎の所有という実体である。国内製薬の場合もそうだったが、まず別会社を作り、運営がうまく行きはじめるのを待って合併するというのが、彼の得意の手法だった。

この台湾製薬は、工場も木造の小屋と呼ぶほうがいいような簡単なものだった。しかし、たちまちのうちに、コカインを年間二千ポンド製造する権利を獲得した。ざっと五十万円の利益があがる仕事である。

相当な利権だが、総督府の上層部への働きかけが成功し、内務省衛生局に顔がきいていれば、そう困難なことではなかっただろう。これを足がかりに実績を作り、粗製モルヒネの受入れ態勢を築こうとの計画だったようだ。こういう点にかけて、三原の才能は他の業者よりぬきんでていた。

しかし、台湾製薬がもうけるだけならいいのだが、影響を他に波及させることになった。コカインは無制限に製造していいものではなく、国際連盟の規約によって、日本のコカイン使用量には、年間三千ポンドの枠《わく》がはめられていたのである。それまでは先鞭《せんべん》をつけた星のほか、三原その他の計五社が均等に割当てを受けて製造し、その需要をみたしていた。

そのうちの二千ポンドを台湾製薬が精製することになったため、残りは一千ポンド。在来の社は割当てが一挙に三分の一に減ってしまった。星の会社はもちろん困った。三原も台湾製薬との関係は秘密にし、表面上は大いに困った様子を示した。

そして、他の社は営業の予定が大きく狂ったため、その利益の穴埋めを求めて必死になった。すなわち、粗製モルヒネ払い下げ運動に一段と熱を入れる結果になる。こうして発生した悪循環のため、星の首はますます強くしめつけられることになるのだった。

台湾製薬へのコカイン製造の大量の認可は、総督と内務省衛生局とのあいだで話しあいがおこなわれ、左のごときもっともらしい理由のもとになされた。

「台湾の産業をさらに振興しなければならない。台湾でありあまるほど採集できるコカ葉を利用するためである。他の指定業者には気の毒だが、この見地から一年間だけ遠慮してもらうことにする」

いちおう目的は立派だった。もっとも、そうでなかったら今までの指定業者たちがおさまらない。だが、これは両官庁が心からそう考えて認可したのではなく、三原のおぜん立てで動かされたのだった。

この立派な計画も、すぐさま馬脚をあらわした。台湾製薬は島内でありあまっているはずのコカ葉を集めることができず、ジャワから輸入してまにあわせようとし、それを申請した。衛生局も話がちがうのに驚いたが、こうなっては取消すこともできず、許可を与えそうな形勢になった。

星はこのことを知り、内務省に出かけ、山田衛生局長に面会し、抗議をした。いったい、これまでに何度、ここへ抗議にきたことだろう。大正五年に国内製薬ができた時以来、ほぼ十年ちかく、そのあいだ数えきれぬほどくりかえしてきた。星のエネルギーのかなりの量が、このために費されていた。しかし、星はあきることも失望することもなく、やってきて真剣に論じるのだった。

衛生局の内部では、一種の名物になってしまっていた。局長や課長の人事異動のたびに、星の扱い方が申し送り事項とされていたにちがいない。やがては神話か伝説のようになり、星の抗議に対抗するのが使命のように思えてくる。星を押えつけるのが仕事なのだ。なぜこうなったのか、なぜ星がいけないのか、星の言い分に正しい点はないのか、そのへんのことはぼやけてしまっていても、星の申し出を受け入れてはいけないのだ。

星はコカインについて論じた。

「私は日本で最初にコカイン製造に成功しました。それをさらに完全なものにするため、台湾でコカの栽培を試み、それにも成功いたしました。少し前に、私の社でそれを原料に使用したいからと、内地への移入を申請いたしました」

「そのようなことがあったかな」

「しかし、その許可はいただけませんでした。それにもかかわらず、今回は他社のために外国からの輸入をみとめようとなさっている。国内や台湾の産業を育成しようというご方針は、本気でおっしゃっておいでなのですか」

星が苦心して栽培した台湾のコカは、内地に運ぶのを許さない。だが、台湾製薬のためには、外国から台湾に輸入させる。なっとくできない話だった。これに対し、局長は怪しげな答をした。

「いや、それは仕方がないことだ。そもそも、わが国のコカイン製造業は外国原料を使うということで発足した。したがって、外国原料を使用させるのが本来のあり方なのだ」

「しかし、日本でできない原料ならべつでしょうが、そうではないのですから、方針を切り換えてもいいと存じます」

「そうなると、最初に許可した時の状態や理由がちがってくる」

局長の説明は理屈にあわないものだった。台湾産のと外国産のとではコカ葉にちがいがあり、精製したコカインにも差があるというような口ぶりだった。法科出身の局長のため、本当にそう思いこんでいるのかもしれない。あるいはそれが口実で、星を追い帰そうというのかもしれない。

星はていねいに、どの原料で作ってもコカインは同一だと解説してから言った。

「最初とちがってくるからこそ進歩で、喜ぶべきことではございませんか。最初とちがってきてなぜいけないのか、お話の意味がよくわかりません」

「わからなければ、やむをえない」

「官庁はそれですむかもしれませんが、私にとっては、やむをえないではすみません。私の薬草園ではコカ葉を採集いたしました。このコカ葉は採集してから日がたつにつれ、成分が徐々に分解して減少し、やがては含有量が半分にもなってしまいます。他のアルカロイドとはちがうのです。この無意味な損失を少なくするためにも、私の採集したコカ葉の内地輸入を、早くお許し願いたいのです」

局長としては、どう応答していいかわからず、短く断言した。

「そうはいかない。許可は与えられない」

「コカ葉の採集期をご存知ないのでしょう。現在、コカ葉が大量に、みすみす台なしになりつつあるのです。数十万円の物資を国内で腐らせ、それだけの金を、必要もないのに外国に支払うことになります。私をいじめ、国家に損害を与えて、なにが面白いのでございますか」

「おい、そんな乱暴な言葉を口にすると、きみへのコカイン製造許可を取消し、政府が一手に製造することにするぞ」

「それが最良とご判断なさるのでしたら、従いましょう。私としても、国家的な損失を防ぐためには、個人会社の利益を犠牲にしてもやむをえないと思います」

と星は率直に答えた。権力によるおどし文句が効果を示さないので、山田局長はいささか拍子抜けがした表情になった。そして、思わず言った。

「国家的損失などと大きなことを言うが、きみの薬草園では、そんなにコカ葉がとれるのか」

台湾製薬からの輸入申請書には、台湾でコカの栽培は不可能だから、ジャワからの輸入をみとめてほしいと記されてあった。その一方的な言い分を信じているのだろう。それにしても混乱した成行きだった。ありあまるほど採集できるコカ葉とは、じつは星の薬草園のものだったとは。

「よくお調べ下されば、事実はすぐおわかりいただけるでしょう。嘉義の薬草園で栽培しているのは、内地の年間需要量をまかなうのに充分な量でございます。私は当然、内地での製造原料に使えるものと思い、これまでに育てあげたのでございます。しかし、内地へは運んでならぬとおっしゃる」

理屈では負けそうになり、衛生局長は高圧的な口調になった。

「きみがさしでがましく無茶な口をきくと、そのコカ葉を没収し、他社に分配してしまうことになるぞ」

興奮したため、つい本音をはいたとの感じだった。粗製モルヒネと同様に、という意味を含んでいる。また、他社に分配するとの言葉では、はじめの発言と反対に、外国産のと差のないことを認めてしまった。

「そうなさりたければ、コカ葉を立ちぐされにするよりは、まだけっこうでございましょう。しかし、当局もアルカロイド産業における私の努力を、よくご存知のはずです。もう少し親切な扱いをお願いできないのでございましょうか」

「きみには、きみの気づかぬところで親切をつくしてやっているつもりである」

「どうご親切なのか、思い当る点がございませんが……」

声はしだいに高くなり、激論はながながとつづいた。山田衛生局長も本来は温厚な性格の主であり、べつに星に憎しみを持っているわけではない。だが、この椅子《いす》についたからには、周囲からの力により、気ちがいじみたこんな応答をしなければならなくなる。悪魔ののろいのこもった椅子があるとすれば、それはこれかもしれない。

星はあまりの愚答にあきれ、心から怒った。そして、この問答の大要を印刷し「不当な圧迫下にある星製薬の窮状」と題し、貴衆両院の議員に配布した。こんなことは、好んでしたいことではない。また、かえって局長を硬化させるとも予想できた。しかし、なにもしないでいても、好意的に変化してはくれないのだ。おとなしくしていたら、もっと理不尽なことをされないとも限らないのだ。

このように星を押えつけて創立された台湾製薬だったが、もともと急造の工場のため、全能力をあげても一日に一ポンドぐらいしか製造できない。年間二千ポンドの量をこなすことなど、最初からできない相談だったのだ。

そのうえ、ジャワからの輸入許可も強引にみとめてもらいはしたが、予定どおりに工場にとどかない。どう考えても無茶だと、総督府の下級担当者たちが手続上の不備を理由に、積極的な協力をしなかったのだ。数名の高官を除いて、総督府内では台湾製薬への反感が強かった。それがなかったとしても、島内のコカ葉がだめになるのを知りながら、ジャワから輸入をするのは、現地の者として気の進まないのも当然であろう。

そして、指定期間の一年が終りかけた大正十五年の二月に至っても、台湾製薬は予定量のコカインの二割も製造できなかった。このままだと、関係者は大恥をかくことになる。

しかし、その二月上旬のある夜、台湾製薬の工場は原因不明の火災によって焼失してしまった。台湾製薬は当局に申請書を出した。

「ほとんど責任量の製品は出来あがっていたのだが、不可抗力の損害にあった。当初の目的を達成するため、指定期間をもう一年だけ延長していただきたい」

会社を解散してしまったのでは、モルヒネ受入れ態勢の意味がなくなってしまう。星の有罪が確定するまでは、形をととのえて存続させておかなければならないのだ。

それに対して、当局は権限にもとづき、許可を与えた。つごうのいい火災、つごうのいい申請、つごうのいい許可。裏面でどのような工作がなされたためかわからないが、星への扱いと、なんという大きなちがいであろうか。


また、あとでわかったことだが、このころ、内務省は星への悪材料を収集するため、アメリカ政府へ照会の文書まで出していた。台湾で訴訟中の原料阿片《あへん》は、星とアメリカ商人とが共謀して日本に運びこんだのではないか、との質問である。しかし、その回答は期待はずれのものだった。

〈アメリカには、そんな人間はひとりも存在しない。せっかくのご依頼なので調査をしたが、フーラー貿易会社は信用ある会社である。また、たとえ悪質なアメリカ人がいたとしても、星はそのような人物と取引きするような人物ではない〉

一民間人を罪におとすため、自分の力がたりないとなると、他国の政府にまで応援を求める。そこには民衆を保護しようとの心もなく、産業の育成の熱意もなく、国の誇りさえない。

この回答を起草したアメリカの役人は、首をかしげたのではないだろうか。日本の政府から、アメリカに悪人がいるはずだと指摘してきた。取締り機関の目がとどいていないようだから教えてやるともとれる、失礼な内容だ。狂人と接しているような、薄気味わるさを感じたにちがいない。

19

控訴《こうそ》中とはいえ、第一審は有罪の判決だった。それだけでも、商取引きに大きな支障をきたす。金融機関もどことなく警戒しはじめる。営業に対しては有形無形の圧迫が強まるばかりだ。粗製モルヒネの払い下げは停止されたままだし、コカインの製造割当てもへらされた。その原料も、台湾のコカ葉を腐らせながら外国から買わなければならない。

この星の姿を形容すれば、重い荷を負って闇《やみ》のなかを歩いているようなものだった。その闇は濃さをます一方で、前途に灯を望むこともできなければ、休むことも許されない。自分で灯をともそうとしても、まわりからの風で吹き消されてしまう。いつかは夜の明けることを信じて、ただ進みつづける以外にないのだった。明るいものといえば、星の持つ性格だけだった。

その唯一《ゆいいつ》の明るさにもかげをさす事態がおこった。常務の安楽が病床に伏すことになったのである。病気は消化器官の潰瘍《かいよう》。この種の病気は、神経を使うのが最もよくない。

阿片および貿易部門の責任者として、安楽は事件の当初から非常に心を痛め、気をもんでいた。それでさえうまくないのに、無理して台北へ出かけ、石橋検察官に頭からどなられるという、ひどい取扱いを受けた。このころを境に病状は悪化しはじめ、ついには入院生活を送るようになった。

星にとって最も信頼できるパートナーであり、自己の欠点を補ってくれる人物でもあっただけに、会社運営上いろいろと渋滞がおこった。星と社員、星と金融機関、星と販売店などのあいだにあって、緩衝地帯や潤滑油としての役目を果していた人物が倒れたのである。星の肩にかかる重さはそれだけ増した。

第一審は有罪であり、局面はさらに憂慮すべき方向へと展開しつつある。

「まあ、あまり気にしないで、ゆっくり養生をしてくれ」

と、普通なら言えるところだ。だが、安楽は事態を知っている。それに心配性であり、神経は休まるどころか、入院して時間を持てあますと、さらに悪い想像を描き、それで悩みを強めてしまう。快方にむかうけはいはなかった。

星は今まで安楽のやっていた仕事まで新しく引受け、病院への見舞いをつづけながら、連日の問題と取組まなければならないのだった。

このような情勢のなかで月日はすぎ、第二審の裁判が迫ってきていた。年を越した大正十五年の五月七日である。また被告として出廷しなければならない。

五月一日に神戸港から信濃丸に乗り、台湾へとむかった。今回は青木弁護士のほかに、花井卓蔵が同行し弁護に加わることになった。

花井は当時五十八歳。二十二歳で資格を得て以来ずっと弁護士として活躍をつづけ、第一人者と称されていた。また衆議院議員にも何度となく当選し、副議長の椅子にもついた。古武士のごとき風格の持ち主であり、その学識と雄弁をもって、死刑の廃止や陪審制度の採用など、人権の拡張のためにもつくしていた。

花井はその多忙さのため、新しい事件は一切引受けられないという日常だった。星はそれを知ってはいたが、前からの知りあいでもあり、花井事務所の沼田弁護士とはとくに親しい友人ということもあり、苦境を打ちあけて助力を願った。花井は同情し、時間をさいて台湾まで出かけることを承知した。なお、花井の女婿《じょせい》である花井忠も同行し、弁護陣に加わることになった。

このさい星にとっては、百万の援軍を得たような気持ちだった。また、現地では第一審の時の二名のほかに、蓑和藤治郎弁護士にも加わってもらった。年配の正義派といった人物である。

七日の九時半に開廷となった。裁判官は前回は一名だったが、今回は三名である。起訴側は上内検察官が出席した。いかにもまじめそうな、背の高い人物であった。

星は万一のことを考え、会社から優秀な速記者を二名つれてきたが、傍聴禁止にはならなかった。傍聴席は高名な花井卓蔵の弁論を聞こうという人で、前回以上のすしづめとなった。

特別傍聴席も同様だったが、なぜか高官たちの姿は少なかった。伊沢総督は台湾物産紹介会のため、後藤和佐治検察官長も所用のため、いずれも内地へ出張中だった。専売局長は島内旅行で不在である。花井弁護士の視線を避けるためかとも思われた。そのため、第一審の時にくらべ、いくらかなごやかな法廷となった。

この日は午後の六時まで、つぎの日は午前九時十五分から午後の六時半までと、二日にわたってほとんどぶっ通しで弁論が戦わされた。関係者にとっては緊張の連続であった。

弁護は慎重に開始された。前回は準備不足ということもあり、あまりのばかばかしさに力が抜けていた点がなくもなかった。また、憤慨して不当を責めることに重点をおきすぎた。今回はそれを反省したのである。

証拠書類を三十六号までそろえた。工場や出張所を入念にさがしたし、本社の焼け残った所で半こげになっていたのまで加えた。

なかには、このようなものもまざっている。年間の制限数量を越えて星が原料阿片を購入したことへの批難を反証する、内務省衛生局長からの文書。

〈会社がその必要上、なるべく安く購入しようとして外国市場との取引きを欲する場合には、事情を記して東京衛生試験所長に願い出ずべし〉

大正八年十月のもので、局長の印も押してある。また、その指示で出した願書への、試験所長からの回答文もある。

〈今回の出願による予定数量の超過分は、明年度以後の原料として許可になるはずであり、明細書を提出せられたし〉

いずれも、星が独断でやったのでないことを明白に示している。しかし、証拠として充分な力を発揮してくれないのだ。なぜなら、検察官が当時の責任者たちに確認の質問状を出すと、知らないとの否定的な回答をされてしまうのである。公的な文書でさえあとでこうなるのなら、本社の書類が焼失しなかったとしても、あまり役に立たなかったかもしれない。

弁護側は証拠のひとつひとつについてくわしく論じ、検察側を批難した。それを聞きながら、星は被告席で思うのだった。保税倉庫の原料阿片に対し処分命令の出されたあの時に、行政訴訟をやっておけばよかったのだと。震災前であり、本社も横浜税関も焼けていない。どんな書類もそろったし、東京での裁判である。勝訴は困難であったかもしれないが、いまよりはもっとすっきりした形にはなっていたはずだ。しかし、あの時の妥協を後悔してもはじまらない。

花井卓蔵弁護士は本件起訴の内幕に触れ、つぎのごとく根本問題を論じた。

「英国は東洋において自己の利益を独占的に守るため、他国とくに日本の行為をあばく方針を伝統的に採用している。今回の事件も、小樽における事件も、ウラジオストックの英国情報機関が調べてまわり、本国へ報告があり、在日大使から外務省に注意があった。それで、内務、大蔵、司法の各省が取締りを強化したためにおこったのである。小樽事件以前にも、三井物産が神戸の保税倉庫に置いておいた阿片を支那に売ろうとし、英国情報部に発見されたことがあった。英国領事から大使館を通じて日本政府に抗議がなされ、ために検事局は捜査をおこなった。これがそもそものはじまりである……」

さらに政府の弱腰をついた。

「……政府に見識があり自信があれば、今回の事件はおこらなかったはずだ。自分で許可しておきながら、外国から口を出されると、あわてて責任を民間に押しつける。こんなことをしていると、外国からは甘く見られ、国民も官庁を信用しなくなる。本件がたとえ万一違法だったとしても、その責任の十分の九は当局が負うべきで、星の罪は十分の一というべきではなかろうか……」

これではなんのために政府があるのかわからないと主張し、星の気持ちをそのまま代弁してくれた。つづいて、常識では理解できぬ矛盾をとりあげた。

「……三井物産の事件は神戸の検事局で調べたが、不起訴ときまった。星の小樽での事件も同様である。時間的にあまり差のない同種の問題が、台湾では起訴され、第一審で有罪となった。これでは裁判に対する国民の信頼もまた失われてしまう」

司法への不信が高まると言われ、上内検察官は黙っているわけにいかず、立って反論した。

「内地と台湾とでは事情が同じではない。台湾には阿片吸引の習慣が残っており、その弊害を防ぐ必要がある。人びとが阿片の高価さや害毒をあまり知らない内地では不問に付していいことも、ここでは処罰されてしかるべきである」

「それはそうかもしれないが、本件の阿片は台湾内に一歩も運びこまれることなく、保税倉庫を通過して外国に渡ったにすぎない。台湾阿片令を誤った目的に使ってはならない……」

と花井弁護士は主張し、合法的になされたことを示す証拠のひとつをあげた。

「……衆議院の請願委員会で本件が問題となったことがある。委員会はいろいろな資料を取り寄せたが、その時、基隆税関から提出された答弁書には、保税倉庫に原料阿片を置くのは適法だと書かれてあった。保税倉庫についての点は、これで合法と明らかである」

上内検察官は反論した。なんでそのような証拠をとくに取りあげたのか理解しがたいという口調だった。

「その文書は、当事者が自己の行為を正当化し、責任をのがれるためそう答えたのである。警官が犯人に同情して見のがしたとしても、犯人が犯人であることに変りがない。あまり重要視すべき証拠とは言えない」

「いや、そうではない。普通の場合なら、官吏にありがちな便宜的な答弁だったとみとめてもいい。しかし、議会内でとなると、そう軽く扱うことは許されない。政府、議会、国民にとって、重大きわまることではないか。いったい、国民はどの機関をたよりに生存すればいいということになるのであろうか」

花井弁護士は、すべて大局的な見地と関連させながら弁論を進めた。他の弁護士はそれをおぎなうように、細部にわたって鋭く発言した。検察官もそれに応じ、熱のこもったやりとりがつづいた。

二日目の夕刻ちかく、弁論は終った。鈴木英男裁判長は最後に星に言った。

「なにか申したいことがあれば、発言を許す」

やさしい口調であり、第一審ではなかったことである。星は立ちあがり、静かに話しはじめた。

「国の利益や名誉を考えておこなったことが、このような逆の結果になってしまい、いかにも残念でございます。この事件の出発点は、内務省が横浜税関にある阿片を強制的に、至急に処分するよう、私にお命じになったことにあります。その理由は、国際連盟の阿片取締法を忠実に施行し、日本の信用を高めるためだとのことでございました。これは論告や前回の判決文のなかにもあげられております。しかし、この強制的な処分によって、日本の国際的な立場は、どれだけ高まったでありましょうか……」

今回の判決ではそれを教えていただきたいとの願いをこめた。それから、自分がおこなってきたことを述べた。わが国のアルカロイド産業の開拓と発展に努力したこと。外国旅行の際には、各国の取締法を調査し、政府に報告書を提出したこと。だからこそ、アルカロイド関係の法律を無視する意志などあるわけがないこと、などである。

また、本事件が巻きおこした副次的な影響にも言及した。会社は損害を受け、低温工業は大打撃を受けた。安楽の病気は悪化の一途をたどっている。台北ではこの事件で牢死《ろうし》した者があったと聞いている。官庁関係で当時、星への公文書発行の直接の担当者であった前内務省衛生局医務課長の野田忠広氏は、自己の行為と上からの圧力の板ばさみで苦しんだためか、先月とうとう病死してしまっている。野田氏が健在で、この法廷まで来て証言してもらえればもっと明瞭《めいりょう》になる点が多いのだが、もはやそれもできない。

「……ロンドンやニューヨークの競争相手は、星は莫大《ばくだい》な罰金を宣告され、入牢しているとのうわさを飛ばしている。荒すのは今だとばかり、猛烈な勢いで海外の私の取引き先を奪いはじめている……」

と苦境を訴えた。もちろん私個人、私の社にも欠点は多いであろう。しかし、国家貢献と社会奉仕を目標とする努力の点では、他にゆずらないつもりでいると強調し、最後にこう結んだ。

「……私は悪いことをしようと考えたこともありません。したこともありません。したと考えたこともありません。したような気にもなっておりません。台湾の阿片令は私を罰するために存在しているのだとも思っておりません。法というものは、私を保護するためにあるのだと信じております。ご賢察をあおぎたいのであります」

裁判長をみつめて、心からの叫びで陳述した。傍聴席は満員だったが、ざわめきひとつおこらなかった。なかには、同情で涙を流してくれた者もあった。悪事を働いたことを意識しながら、罪をまぬかれようとあれこれ弁解する者とはちがうはずである。それが通じたらしく、冷静な裁判官たちの表情にも、心が動かされたような感じがうかがえた。

星の陳述が終って、ほっとため息の流れる法廷のなかで、裁判長は、判決は二十日後の五月二十八日におこなうと告げた。

この二日間の法廷内の雰囲気についてだけ見れば、被告側に有利に進んでいるように判断できた。今度もまた前回の時のように、全島の各地から販売店主や薬草園関係者たちが心配して集ってくれた。彼らは明るさをとりもどして、口ぐちに言った。

「こんどこそ、無罪がはっきりするでしょう」

星は彼らとともに、営業振興のための打合せ会議を開いた。花井、青木両弁護士は弁論の終った翌日、九日の船で帰っていったが、星はこの会議のため二日を費した。審理がすんで一段落という気分もあり、みなの熱心さがありがたかったからでもある。刑事被告人となった自分を見すてないばかりか、こうやって集ってくれ、将来への協力を誓ってくれる。会議は毎夜、午前一時までつづいた。

そして、星は十一日に基隆を出発する扶桑丸で帰途についた。

この船旅は、星にとって久しぶりに気持ちのいいものだった。東支那海の海の青さも、五月の空の青さも目にしみるようだった。それは青天白日という言葉を思わせた。もちろんいま断定はできないが、判決はきっと有利なものになるにちがいない。しかし、現実は好転しているのではなかった。不運や圧迫は形を変え、さらに激しい力で星に襲いかかってきた。

その第一波は、門司に入港する前の船中に電報となってとどき、星の心をぐさりと突きさした。あの美しい青空を飛んで電波が運んできた文章とは思えなかった。

〈十二日、安楽栄治死亡す〉

文字は星の目から入りこみ、頭を氷結させた。言葉も出す、電報は硬直した手から床に落ちた。

安楽は入院加療をつづけ、手術までしたのだが、病状は回復せず、ついに世を去ってしまった。あとで聞くところによると、最後まで事件のことを気にしつづけ、不当さをのろいつづけ、悶死《もんし》とでも形容すべき臨終であったという。

星はその枕《まくら》もとに、いあわせてやることもできなかったのだ。花井弁護士たちといっしょの船に乗れば、あるいはまにあったかもしれない。後悔しながら電報を拾いあげて読みなおすうちに、三十年以上にわたる交遊がよみがえってきた。

サンフランシスコの福音会で、星ははじめて安楽と知りあった。日本人の牧師の経営する簡易宿泊所で、苦学生のたまり場である。安楽はタバコ会社につとめながら学校に通い、あとから渡米してきてふなれな星に、いろいろ注意をしてくれた。

話しあっているうちに、同じような身の上で、同じような希望に燃えていることを知り、それ以来、友情は変ることなくつづいてきた。ニューヨークで小新聞を発行していた時も、帰国して製薬事業をはじめてからも、安楽は本当に力になってくれた。星がアイデアと活気にまかせて手をひろげすぎても、そのあとを、いつも安楽はおだやかにまとめ、処理してきてくれた。

いま、星はかけがえのない友を失った。

遠くはなれた船の上では、その遺骸《いがい》に取りすがって泣くこともできないのだ。もう少しでいいから、生きていてもらいたかった。会社が順調な形に戻るまで、生きていてもらいたかった。その願いが無理なら、無罪の判決がおりるまで、生きていてもらいたかった。それすら無理なら、せめて星が帰京し、今回の裁判が有利な空気のうちに進んだことを話して聞かせるまで、生きていてもらいたかった。この最小の願いもかなえられず、安楽は死んでしまったのだ。彼は暗い絶望のなかで、この世と別れていった。

20

星は帰京した。しかし、安楽の死を心から悲しむ余裕がなかった。安楽を失った痛手を他人にこぼす余裕もなかった。それどころか、安楽の葬式をさしずする余裕すら与えられなかった。無二の友人の冥福《めいふく》を祈ることも許されないとは……。

帰京するのを待ちかまえていたかのように、十五日の午後の三時ごろ、星の会社、工場、自宅、さらに星の関係者数名の自宅が、いっせいに家宅捜索を受けたのである。そのうえ、警視庁へ出頭を命じられた。取調べたいことがあるからだとの理由で。

星にはわけがわからなかった。自然界が狂い、すべてが過去に戻り、もう一度はじめからくりかえされるのかと思った。原料阿片《あへん》のことなら、すでに家宅捜索はすんでいるはずだ。そして、その公判から帰ってきたばかりではないか。なにを今さら調べようというのだろう。

思い当ることはないが、命令となると出頭しなければならない。星は警視庁へ出かけ、この件の担当である中島警部補に聞いた。

「いったい、どういうことなのでしょうか。一方で裁判を進めておいて、もう一方で家宅捜索や取調べをなさるとは。なにかのまちがいでございましょう」

「冗談じゃない、警視庁ともあろうものが、そんなまちがいをするはずはない。なにか誤解しているようだな。阿片とは関係のないことだ。その椅子《いす》にかけたまえ。新しい容疑を話してあげよう」

中島警部補は五十歳ぐらいだが、いやにひとあたりのいい感じと、油断のできないものとを兼ねた、妙な印象をひとに与える人物だった。経済関係の専門の係だという。彼は星に説明した。

低温工業株式会社は、さんざんな目にあわされた末、形ばかりの小会社として収拾した。しかし、設立した時の株のなかに、払込みのない空株があったのではないかと想像される。もし、それがあれば背任であり、商法違反の罪を構成することになる。

この件に関して取調べをするのだというのである。

聞いていて星は、はじめのうちはユーモラスな冗談だとしか思えなかった。いまにも警部補が「というのはうそだよ、驚いたろう」と大笑いをするのではないかとも感じられた。真剣で高圧的だった石橋検察官とは、まるでちがうタイプの相手だったのだ。それに内容も、おとぎ話にでもありそうなことだ。

しかし、冗談やうそではなかった。本気で調べているらしい。星は口がきけなくなり、どう答えたものかわからなかった。警部補はそれに対して、強くどなりもせず言った。

「旅から帰って疲れており、考えがまとまらないのだろう。まあ、あさってでも出なおしてきてもらおうか」

警視庁から戻った星の心のなかで、徐々に怒りがたかまりはじめてきた。会社設立前の最重要時期をねらって、時効寸前の阿片事件をでっちあげ、新聞に誤報まで流して株式の払込みを妨害した。さらに、むりやり台北に召喚して後始末の時を与えない。その冷凍工業を突っつきまわして、背任の種をさがし出すとは……。

さがし出すのなら、まだしもいい。この場合もまた、星を有罪にする目標が先に存在し、そのための行動が調査の形となってあらわれたのだった。

なぜなら、左のごとき文書が、警視庁から全国の各銀行に通達されていたのである。

発刑捜第六五六号
大正十五年五月十三日
警視庁刑事部捜査課長
関係各銀行本（支）店長殿
預金受払調査方の件
一、東京府荏原郡大崎町大字居木橋　星製薬株式会社
一、東京市京橋区南伝馬町三丁目　星　一
右背任詐欺被疑事件捜査上必要有之候条、大正十二年九月以降、現在迄の預金受払の明細及び入金出金の種類並に其の明細御調査の上、至急御回報相煩度、及照会候也

文面の内容は、星に関する預金の明細を報告せよ、というものである。十三日という日付でもわかるように、家宅捜索の二日前に、全国の銀行に送られた。

銀行の帳簿なら、なにも急いで調べなくても、取調べを進めて容疑が濃くなってか

らでもいいはずだ。有罪になるのを見越しているとしか思えない文書だった。そして、さらに恐ろしいことに、有罪にならない場合をも見越して、いずれの役にも立つ力をそなえた文書だったのである。

この種のことに神経過敏で臆病《おくびょう》な銀行関係者は、決してただの事務的な連絡とは受け取らない。

〈星は近く有罪となるであろう。星の関係者に金を貸すと回収不能になる。貸してあるのなら早く引きあげるべきであろう。警視庁の名で警告する〉

このような意味に解釈するにきまっている。新聞報道や山所不明の怪文書などより、はるかに強い影響を与えるにきまっている。この心理を警視庁が知らないはずがない。よく知っているからこそ出したのである。すなわち、念を押すように三回もつづけて出した。事務的な必要のためだったら、一回通達すればそれでたりることなのだ。

当然の結果として、星の会社に対する銀行からの金融は、ぴたりと停止された。星の販売店に対しても同様だった。警視庁から三回も警告されながら金を貸すなどという行為は、頭がおかしいか、よほどの物好きでない限り存在しない。

もっとも、なかにはごくわずかだが、その物好きな人の経営する銀行も残っていた。

星の人柄を信用し、会社への理解と好意から取引きをつづけてくれたのである。

警視庁には三回の通達による回答が、各銀行から集った。それを見れば、最初の通達にもかかわらず取引きを継続している銀行はすぐにわかる。

そのような銀行には、東京からわざわざ刑事が出張した。開店時間中でもおかまいなしに、帳簿の提出を命じ、あれこれと調べるのだった。暴力団がこんなことをしようとしたら、たちまち逮捕されてしまうが、刑事なら公然とおこなえる。営業妨害もはなはだしかった。出入する客はなにごとだろうとうわさしあい、銀行は早くなんとか引き取ってもらいたくなる。帰ってもらうには、星との取引きを中止する以外にない。

出張できない地方には、その地方の警察署を通じて圧力がかけられた。新潟県の小千谷町では、もっと単純素朴だった。警官が銀行に出かけていって、言い渡したのだ。

「星と関係している者には金を貸さないように。これは東京からの命令だ」

その警官は、なぜそうしなければならないのか、まったくわかっていなかったことだろう。警官ばかりでなく、だれにも理解できないことだった。本社の書類をよく調べるよりもさきに、全国の銀行にしらみつぶしに当り、取引きを停止させなければならないとは……。

知っている者は、ごく上層部と、それにつながる政界と一部の同業者だけであろう。おどしたり、なぐりつけたりだけでは、星はまいりそうにない。有罪を確定するには時間がかかり、ゆっくりと待ってはいられない。もっと徹底した方法で、手っとりばやく、完全に息の根をとめなくてはならないのだ。

その計画のあらわれだった。星の周囲に壁を張りめぐらし、伝染病の保菌者のように社会から隔離してしまう。あらゆる補給を遮断《しゃだん》すれば、遠からず枯死するにちがいない。餓死させるための部屋に、星をとじこめたようなものだった。

立案者はすばらしい頭の持ち主である。たしかに、一般の製薬会社のように掛売りと手形操作で運営していたら、これで即座に営業不能となり、閉業をよぎなくされてしまう。星がそれで製薬の看板をおろせば、粗製モルヒネを他社に払い下げる立派な名目ができるわけである。台湾の裁判が無罪となろうがかまわないし、新しくおこした背任容疑が裁判にてまどってもかまわない。こんな巧妙な作戦になぜ早く気づかなかったのだろうと、立案者は残念に思ったかもしれない。

星にとっては、もちろん非常な苦痛となった。各銀行で割引いていた手形の総額は五百三十万円ほどに達していた。ひそかに察知したこの情報にもとづいて、星へのしめ出し作戦がなされたのだろう。

しかし、星は他社とちがい、増資と社債とで事業を拡張してきた。また、現金取引きをたてまえとし、欧米旅行から帰ってからは、いっそうそれを主張してきた。したがって、銀行から五百三十万円の借入れをしてはいたが、一方では五百万円ぐらいの預金を有していた。銀行は預金と貸金とを相殺《そうさい》し、それでいちおうの決済はつけられた。星は深い傷を受けはしたが、それは致命傷ではなく、即死には至らなかった。

それにしても、いかに健全な経営だったとはいえ、銀行と無関係に今後の営業をつづけてゆくのは容易でない。銀行のない世界に移され、そこで商売の自由を与えられても、どうしようもないではないか。

また、いままでの支援者や協力者たち、さらに事情を知らない大衆への心理的な影響は、はかりしれないほど大きかった。株価は暴落し、社債所有者は不安にかられた。地方の販売店たちは今後について迷った。そこをねらって、他の同業者は売込みをする。

星は休むひまなく活動した。関係者には印刷物を配布して、事情を説明した。販売面では、チェーン・ストア方式へ切り換えることで乗り切ろうとした。いままでは各地方ごとに中継《なかつぎ》の店を置き、そこを通じて商品を送っていたのだが、全販売店を本社と直結させ、現金仕入れと現金販売を完全に実行しようというのである。準備期間もなしに切り換えをやるのだから、大変な手数と精力を要した。しかし、やらなければならない。やらなければ廃業せざるをえなくなるのだ。

安楽を失った悲しみにゆっくりひたる時間は、星になかった。だが、たえず思い出すのだった。こんな時に彼が健在でいてくれたらな、と。

このような極度の混乱のなかで、五月二十八日、台北から第二審の判決がもたらされた。

無罪。その判決理由はこうである。

保税倉庫に阿片を搬入するのは合法とみとめる。かりに違法としても、被告らは官庁の当事者の発言など、周囲の事情から、合法だと誤信しておこなった。犯意がなかったとみとめられる。また、販売については台湾内が対象となっていなかった。ゆえに、いずれも犯罪を構成しない。

星はこの報告を受け、やさしく発言を許してくれた鈴木裁判長の顔を思い出し、心のなかで感謝した。と同時に、あの裁判のとき特別傍聴席に後藤和佐治検察官長の姿がなかったことをも思い出した。伊沢総督とともに上京中だったのだ。

上京してなにをしていたのだろうか。有罪にできそうもないと見きわめをつけ、星と銀行とのつながりを断ち切る計画を実行に移すべく、そのための上京ではなかったのだろうか。裏面でのうわさを星にもたらす人もあった。伊沢総督が帰京中、警視総監時代の旧部下である警視庁の中谷刑事部長に、この指示を与えたらしいとの臆測である。

無罪にはなったが、万歳と喜びの声をあげることはできなかった。判決前よりも、一段とひどい苦境に追いこまれてしまっている。これが無罪を手にするための代償だったとしたら、あまりにひどすぎる。

ひどいことは、数日たつとまたおこった。高等法院の後藤和佐治検察官長が無罪の判決に不服で上告したとの報告が、台北からとどいたのである。結局、裁判は終りとはならず、第三審へと持ち越されることとなった。

銀行との遮断計画が思ったほど速効をあげそうにないと知り、この方面でも手をゆるめず、とりあえず両面作戦で星を応接に疲れさせ、限りなくしめあげようというのかもしれない。星は裁判のほうからも解放されなかった。

「無罪の判決こそ当然なのに、なぜ、いまさら上告をするのだろう」

という同情の言葉や手紙を星に寄せる人も多かった。しかし、同情の声は無力であり、官憲の力は現実で、強大きわまるものなのだ。

台湾高等法院上告部における第三審の期日は、三カ月後の八月二十四日と知らされた。どんな結果が出るかは予測しがたい。伊沢総督によって抜擢《ばってき》され、その地位についた後藤検察官長が、こんどは自分で法廷に出て論告をするのである。

また、裁判所そのものが総督の直属である。ここでの最終的な判決で有罪とされたら、救いの道は完全にとざされる。犯罪人と確定され、巨額の罰金を猶予《ゆうよ》を与えずに徴収されることになる。粗製モルヒネ払い下げ権は、もちろん取りあげられる。面目をかけて検察側が上告したところをみると、あるいはその成算があってのことなのかもしれない。

考えれば、不安はいくらでもわきあがってくる。しかし、星はそのことを思いわずらわなかった。そんなひまはない。官憲によるしめつけが、さらに強さをましてきたのである。それとの戦いのため、毎日のすべてが費された。なんの建設ももたらさない、いつ終るともしれぬ戦いのために……。

各府県の警察署は、銀行への干渉につづけて、さらに深く切り込んできた。星の特約販売店の主人、株主をも呼び出して調べはじめたのだ。また、星の社の幹部社員の出身地では、身元調査が大々的に開始された。交友関係にあった者や、親類などを呼び出して調べるのである。

こうなると、容疑があるから調べるのではなく、調べることで容疑の雰囲気を作りあげようとしているとしか思えない。もし、星の関係者がなにか個人的にうしろ暗い点を持っており、普通なら表面化しない程度のことであったとしても、こうまで洗われたら、この際に発覚してしまったかもしれない。しかし、そのような者はほとんどいなかった。ふしだらな人間なら、星とそう長期にわたって協力してこられなかったろう。

まじめな人たちだけに、かえって取調べは衝撃的だった。周囲でもすぐ評判になる。地方の人びとは警察にすなおな信頼を寄せており、その裏にある意図など疑ってみようともしない。

星の関係者は孤立するか、離脱するかのいずれかの道を選ばなければならなくなる。あくまで星を信用して関係をつづけることは、周囲から特殊な目で見られるのを覚悟しなければならない。また、周囲と協調して生活をつづけようとする者は、なにが悪かったのだろうと迷いながら、星との関係を薄めなければならない。

なごやかさと統制と団結とで築かれていた星の販売網は、かくして分断されはじめた。官憲は星を餓死させようとし、銀行から切り離してみたが、それでも息の根がとまらない。そこで、つぎには食を与えないまま、手をもぎ、足をもぎしはじめた。そればかりでなく、各新聞紙上にも事件のことが報道された。その記事は鋭い刃物となって、また星の信用を削り取り、細らせてゆくのだった。かつては星も、毎月かなりの金額を新聞広告費として使っていたが、このごろではそんな余裕などまったくなくなっていた。それがひとつの原因ではないかと疑いたくもなるほど、容赦なく記事にされた。

このころ、リッチという在日イタリー人が薬品密輸入で告発された事件があった。その品の流れた先は三原の社であり、貿易部主任が科料に処せられた。だが、この件はほとんど新聞に報道されず、されてもごく小さく、しかも社名は伏せられていた。星の周辺でこのたぐいのことが起ったら、どんなに大きく扱われたことだろう。

星は現金の調達に困る一方だった。といって、銀行は貸してくれない。在庫の商品をさばく以外にない。利益を犠牲にしても現金をととのえるべく、全商品の定価値下げを断行することにした。それを世に知らせようと、苦心して金を作り、新聞に大きくその広告をのせた。だが、その日の夕刊には、星の会社の帳簿押収についての動きが、記事として大きく掲載されてしまうのだった。

この二つのあいだに、関連があるのかどうかはわからない。しかし、現実の問題として、やっとのせた広告の効果は減少し、星はくやしがらなくてはならないのだ。

一般に、警察における取調べの経過というものは内密にされるべきなのだが、星の場合はその人権も守られなかった。中島警部補は取調室のドアにすきまを作ってやり、各社の写真班に撮影の便宜をはかってやりさえした。妙なことに気がきく男だ。

また、東京日日新聞には、取調べの内容が詳細にわたって掲載された。星と担当の者のほかには知らないはずのことまでも書きたてられたのである。星が自分から新聞記者にしゃべるわけがないから、この特種の出所はおのずと明白となる。

そもそも、この中島警部補という経済専門の係は、警視庁には珍しい型の人物だった。後日談となるが、彼は高柳事件という利殖詐欺《さぎ》を取調べたのを機会に辞職した。そして「高柳事件の被害者は私まで申し込んでくれれば、出資金の四割まで回収してさしあげる。ただし、あとは手数料としていただく」との広告を出し、取立業を開業した。在任中の地位を利用し、債権者や債務者の名簿を書き写しておいたわけである。

その広告をのせ、記事でも応援したのが東京日日新聞なのだった。ギブ・アンド・テイクのひそかな話しあいが、この両者のあいだに以前からあったのではないか、との想像もできる。こういった変った性格の人物だから、星の記事が連日の紙面をにぎわしたのも、上からの指示でなく彼の独断だったのかもしれない。だが、そんな性格を知った上で、上部が中島を星の担当に命じたのかもしれない。

どちらとも断定のしようがないが、いずれにせよ、この警察関係者としてきわめて異色な、ふしぎな男に担当されていたことは、星にとってとんでもない災難だった。


金融は完全にとまっている。販売店からの入金も順調でなく、金額も減少している。会社に資産はあっても、金策の道はない。ついに、最優先で払わねばならない社員の給料にも、支障をきたすようになってしまった。この状態を、だれかがどこかで胸をときめかせて見つめているのである。


自分を信じて、このところとくに困難をました仕事を働いてくれている社員たち。その給料だけはなんとしてでも支払わねばならない。星は決心し、いままでかけつづけていた生命保険の掛金を払戻してもらい、それを充当する方法をとった。

星はむかしニューヨークで新聞を経営している時代から、ずっと生命保険をかけつづけてきていた。事業の規模が大きくなるにつれて、それに比例して額をふやすというやり方だった。

万一、不慮の死にであった場合、関係者に迷惑をかけないですむようにとの目的からである。星は自分のやっていることを、よく承知していた。未開拓の分野にむかって、冒険の旅に乗り出したのであることを。安全な道でもなければ、成功の保証もそこにはない。自分の倒れるのはいたしかたないとしても、協力を求めてそれに応じてくれた同行者たちのことを思えば、いいかげんな扱いはできない。いざという時の万全の準備をしておくのが親切だ。そのための生命保険であり、この時には百万円ちかい額となっていた。

自分が倒れたら、半分は社員たちに、半分は債権者たちに提供するよう、書類も作成してあった。その保険の掛金を払戻してもらったのである。こうなると、死ぬこともできない。死はさらに大きな迷惑を他人に及ぼすことになる。

もはや、あくまで問題の解決に努力し、事業を復活させる以外に、なすべきことは残されていない。星は決意をさらにかためなければならなかった。

星は数名の社員を連れて保険会社に出かけ、その金を受取った。現金をいくつかにわけ、何台かの自動車に分乗し、会社へと持ち帰った。銀行が利用できないとなると、このようにして運ばなければならないのだった。また、星がまとまった金を手にしたとの情報がもれると、途中で、無茶な差押えをされないとも限らない。そんな場合、分乗していればつかまるのは一台ですむ。さいわい無事に帰りつくことができた。

情報が他にもれないですんだわけだが、同行した社員の口から社内に伝わった。とっておきの生命保険金を、払戻して支払われた給料であると。

これからの給料がどうなるのかわからないにもかかわらず、社員たちは星のために、自発的に金を出しあってくれた。千五百名の社員従業員たちが、少しずつの金を持ちよった。だが、星にさし出したのではない。彼らは原稿を書き、その金とともに新聞社へ持っていった。広告を掲載し、社会に訴えようというのである。そして、それは紙面にのった。こんな文面だった。

〈官憲はなぜ星社長を虐待《ぎゃくたい》するのでしょう。親切第一を主義とし、進んで社会奉仕をし、国家貢献をなさんと一生懸命に努力をしている社長の活動を、なにがために妨害するのでしょう。いったい、我々をどうしようというのでしょうか。社会を毒するのならいざ知らず、我々は政府から一銭の補助金も、一銭の低利貸金ももらわずに……〉

という書き出しで、十三項目に及んでいた。世の誤解を訂正し、社長を弁護し、社員から販売店まで家族を含めれば数万人にもなる関係者の苦痛を述べ、社会の同情を求め、こう結んだ。

〈……この広告は我々の誠意を披瀝《ひれき》し、社会の同情に訴えるために、社員従業員の零細なる醵金《きょきん》によって致したものであります。この際なにとぞ星社長をはじめ我々の誠

意のあるところを御了解下され、奉仕的活動の出来るよう御後援下さらんことを願い上げます。星製薬株式会社、社員従業員一同〉

かなりの長文ではあったが、どの行にも願いの叫びがこもっていた。読んだ者は、血がしたたるのを文面から感じたかもしれない。なかには、時事新報社の神吉広告部長のように「このような広告から料金は取れない」と、独断で無料掲載してくれた新聞社もあった。

それにもかかわらず、この広告はあまり効果をあげなかった。広告はたしかに東京の四大新聞の朝刊に掲載されたのだが、その日の夕刊では、各紙ともいっせいに左のごとき記事をのせたからである。

〈星製薬事件は今朝に至り、新なる進展を見て、検事局は大活動を開始し、星の社員数名が召喚された……〉

これまたあの中島警部補が、なにを考えているのかわからない表情で、記者へのサービスとして大げさにもらしたためかもしれない。朝刊では同情した読者も、夕方にはつぶやきを変えてしまう。

「やはり星は悪いやつらしい。あの広告も、巧妙な作戦だったのかもしれぬ。そういえば、アメリカ帰りだけあって、星の宣伝には奇抜なところがあったからな」

せっかくの訴えも、わずか半日だけで人びとの頭から消えてしまった。この新聞記事が事実なら、まだあきらめもつく。しかし、当日は社員のだれも召喚されず、抗議をすると、翌朝の新聞の片すみに目立たない取消しの記事がのる。

そして、こんどは本当の召喚がなされる。日付をぼかして情報を流されるおかげで、二重にも三重にも被害をこうむるのだった。星も従業員も、泣くに泣けない、みじめな不快さを味わった。

このようにして取調べられ、このようにしてさわがれた背任容疑も、九月に一件書類が検事局に送られたあと、やがて不起訴と決定されるのだった。

疑いは晴れたのであり、検事局の事務書類の上では白紙にもどった。しかし、泥まみれにされた星としては、その汚れをぬぐう方法を持っていない。

背任容疑は、人の心を切り刻み、おびえさせたあげく、音もなく消え去ってしまう白昼の悪霊《あくりょう》のごときものであった。いや、本物の悪霊ならまだ不運とあきらめもつく。これは精巧に作られた人工の悪霊なのであった。

21

五月以来、銀行から完全に締め出され、金繰りは苦しくなる一方だった。なんとか給料を払えば原料の仕入れ資金に困り、原料を買えば給料の支払いがおくれがちになる。どの銀行をたずねても、冷たく、あるいは気の毒そうなようすで断わられる。

星は五時に起き、十二時に眠るという生活をくりかえし、金策をしつづけた。社の運営に必要なばかりでなく、社債の第一回償還の期日がこの十二月に迫っているのだ。発行した時には、こんなになろうとは夢にも思わなかった社債である。人びとは信頼と協力で、争って買ってくれた。しかし、事件以来、社債はどうなるのだ、との問合せの手紙がたえまなしに来る。

六月はじめごろ、中央生命の社長の前田利定が星のところへやってきた。ぴんと口ひげをはやした、貫録《かんろく》のある男である。きょうは中央生命、旭日生命の両保険会社を代表して来たという。この二社には安楽常務の友人がいたため、その縁故でいくらかの金を借りており、そのままになっていた。どうせいい話ではないだろうと星が感じると、案の定、前田は言った。

「安楽君も死んでしまったし、保険会社が手形で金を貸しておくのは、原則としてみとめられない。このままだと、やっかいなことになる。すぐに清算してもらいたいと思い、こうして出かけてきたわけだ」

「冗談じゃない。ご承知のように、当社はいま、非常に苦しい立場にある。少し待ってもらえないだろうか。決して返済しないつもりではない。待っていただきたいだけだ。無理に取り立てられたら、つぶれてしまう……」

星は同情を求めて長々と説明した。すると、前田は途中でさえぎり、意外なことを言った。

「いや、誤解しないでくれ。あなたの社にとどめをさすようなことをしては、一生寝覚めが悪い。無理に回収しようとは思わないが、当方の整理上のつごうもある。そこで考えたうえ、きょうはいい解決策と建設的な提案とを持ってきた」

「そうだったのか。そんな親切心でこられたとは知らず、失礼した。で、その案とは……」

「星の本社であるこの京橋のビルだ。これを分離して資本金百五十万円の、京橋ビルディング株式会社を作り、星、中央、旭日の三社が株を持ち、共同で利用することにしたらどうだろうか。株式への投資なら、保険会社としてもみとめられている。共同で利用するといっても、形式だけのことだ。あなたの社のさまたげになることはしない」

「なるほど、それも一つの案かもしれないな」

「あなたの社をなんとか助けたいと思って、相談に来たのだ。これなら、すぐに金を返さなくてもいい。株券はいちおう中央と旭日の名義にしておくが、あなたの社の景気がよくなれば、いつでも株はそちらに返す。また、これをきっかけに、資金面の援助も考えてあげてもいい。保険会社は銀行とちがって、長い目でものを見るから、心配することはない」

三回ほど相談を重ねたあげく、七月一日に協定が成立した。前田は子爵《ししやく》であり、大臣をやった経歴もある。また、前田とともにこうして設立した京橋ビル会社の役員になった林為作という男は、星ともニューヨークのころからの三十年来の知りあいでもあった。

星は相手を信用し、作成した「星の意志を尊重して万事を運営する」との契約書を信用し、紳士的な空気のうちに会社は発足した。

しかし、最初の約束はどこへやら、いっこうに援助をしてくれない。星が窮状を訴えてたのむと、金融をつけるから持株を貸せという。そして、株は持っていったが、金は貸してくれない。そのうち、役員会の多数をたのんで、その株の名義を書き換えはじめたりする。星の事業の発祥の地でもある京橋のビルを、前田一派は巧みに手中におさめようと、陰謀を徐々に進めはじめたのだった。

精神的なゆとりがありさえすれば、星もゆっくり検討しことに当ったはずだった。だが、時が時であり、つい相手の言葉を信じてしまった。

前田は華族でありながら、ひとがいいどころか、なかなかの商才の持ち主であった。星からは株を巻きあげ、中央生命からは星に貸すと称して金を出し、その金を個人で鎌倉の不動産に投資してしまった。さらに、あとになって適当に評価を水まし、自分の社の資産に入れ、あいだで利益をかせいだりした。陰謀のあいまにも金もうけを忘れない。星にはまた、新しくうるさい敵が加わってしまった。

鳩《はと》のようなふりをして、弱りかけたものに近づく禿鷹《はげたか》はほかにもあった。

芝義太郎という街の金融業者があった。五十歳ちょっとの年配の、小柄でやせ型の男。彼は星にきわめて同情的な言葉をかけてきた。

「あなたがこうまでいじめられるのは、憲政会が選挙のための費用を捻出《ねんしゅつ》するためです。聞くところによると、台湾で百万、北海道で百万というぐあいに予定が立てられ、星さんはそのだしに利用されているとかです。すべての原因はそこで、こんな無法は、国家のために許さるべきことではありません。憂《うれ》うべきことです。私は心から義憤を感じております。お金が必要でしたら、おっしゃって下さい」

金の必要はいうまでもなかった。裁判の費用、給料、原料代、どの部門でも資金を求めていた。前田の話も、交渉をくりかえしてもいっこうに進展しない。

星も警戒しないでもなかったが、目の前に出された現金である。とくに法外な利息を要求されたのでもない。借りざるをえなかった。

それがある金額に達すると、芝はさらに親切な言葉を口にした。

「星さん、しばらくはドイツへでも外遊なさって、ほとぼりをさましておいでなさい。休養をなさらなくてはいけません。いくらなんでも、こう働きづめでは、からだのほうがまいってしまいますよ。それに、あなたが表面から一時ひっこめば、官庁の考えも変って、そのあいだに万事が円満に解決すると思います。もちろん、その旅行費用もお立替えいたしましょう。お留守中は、私が会社をお預りいたしますから、この点ご心配はいりません」

星が承知すれば、留守中に会社を自分のものにしてしまう。承知しなければ貸金の一挙返済を要求し、いざとなれば破産申請までもって行き、力ずくでも奪いとる。この二段がまえの作戦だった。

いや、二段がまえどころか、もっと万全な計画をたてていた。芝の親類には検事正がおり、彼はひそかに打合せを重ね、必要な際には官憲に動いてもらうための準備も進めていた。力ずくで奪いとるといっても、星が生命を注ぎこんだ自分の社を、容易に明け渡すとは思えない。また、星の社員や販売店のなかには、熱狂的な支持者もいるようだ。そんな連中が追いつめられて反撃に出たら、なにをやりだすかもわからない。警察と緊密に連絡をとっておくに越したことはない。

その一方では、星の社の重役や幹部社員の何人かに金を握らせ、手なずけはじめていた。そして、このようにささやく。星の運命のつきかけていることは、内部にいてよくごぞんじでしょう。星についていても、ろくなことはありませんよ。しかし、こちら側につけば、このように金に不自由はさせません。いずれ指示をいたしますから、その時は私に有利に動いて下さい。ところで、どうでしょう。私から会社への貸金に対して、製品の商標権を担保に入れたという書類を作っていただけませんか。社長は忙しくて注意がおよびませんから、いまなら目を盗んでうまくやれるはずです……。

芝は硬軟を使いわけ、自信満々で構想の実現にとりかかりはじめていた。

公然たる動き、裏面での動き、連絡のある動き、独立した動き。いずれもが力を増しながら渦を巻き、星を深みへと引きずりこもうとしていた。

22

八月二十四日、台湾では第三審の法廷が開かれた。これには事実審理がないため、被告の出廷を必要としない。星は行かなかったし、また行けるひまもなかった。遠くから勝利を祈りながら、目前の事務を処理しつづけなければならなかった。

この前月、伊沢総督は退官し、市議選挙で多数派となった憲政会系に推され、東京市長となって台湾から去っていた。これによって、裁判についていくらか明るい見とおしを抱くことはできたが、それとても判決があるまではわからないことだ。

裁判官は相原裁判長を含め五名。なかに山田という裁判官がいたが、後藤和佐治検察官長によって忌避が申し立てられ、交代させられた。山田裁判官は被告の木村謙吉と同郷であり、公正な判決が得られないおそれがあるというのである。後藤検察官長も、ただならぬ決意を秘めて法廷にのぞんでいる。

弁護側の花井卓蔵は病気のため出廷できなかったが、上告答弁書を提出してくわしく論じてくれた。青木弁護士は渡米の予定を変更して出席し、台北の三弁護士ともども弁論に当った。

保税倉庫内に阿片令《あへん》が及ぶかどうかについて、極度に緊張した空気のなかで、双方から法律論が展開された。問題点はいろいろとあり、そのひとつひとつに論戦がなされた。

そもそも、台湾の阿片令は明治三十年という、後藤新平が長官となるよりも以前に作られた、古めかしく時代ずれした法である。当時、だれがこんな事件の発生を予想しただろうか。

総督府に納入すべき阿片は免税品であり、保税倉庫との関連が問題である。免税と無税とはどうちがうか。所持と所有とはどうちがうか。薬剤と称する品のなかに、原料阿片も含まれるのであろうか。さらに、保税倉庫には官製のと私製のと二種あり、その取締り規則のあいだに微妙な差がある。

いったい、保税倉庫はどこに属するのだろうか。原料阿片を輸入したのは会社だが、星個人を罰していいものか。周囲の事情から合法と誤信したというが、それを営業としている星の場合、誤信ですむであろうか。

その他、限りない疑問が複雑にからみあっている。それを整理しようとする戦いなのだ。法は人のためにあり、運営さえよければ、なんの支障もおこらない。現に、起訴される前までは、平穏にすべてが進んでいた。だが、事情が一変し、法のために人が存在する形となると、かくのごとく紛糾することになる。第一審からの一件書類をつみあげると、人の背の高さほどになる。

傍聴席は例によって満員だったが、この議論が一般の人にとって、どの程度に理解できただろうか。

九月十四日、午前九時。台湾高等法院上告部は、これに判決を下した。

本件上告は之《これ》を棄却す。

第二審の判決が支持され、無罪が確定した。

相原裁判長はこの主文につづき、判決理由を長々と朗読しはじめた。だが、傍聴していた星の出張所員は、それをあとに法廷を飛び出し、電報局へと走った。

その日の昼ごろ、東京で星はこの電報を受けとった。簡単な文面の、ただの小さな紙片にすぎない電報を。

しかし、これだけのために、どれだけの犠牲が払われたことだろう。星の全精力を注ぎこんだ製薬会社は発展を押えられ、いま、はてしない下り道を転落しつづけている。無限の夢を含んだ低温工業会社は、むなしく空中分解をとげた。

誠実な友であった安楽は、これがために死んだ。警視庁の取調べと新聞の誤報とは、全国の関係者たちの心に消すことのできない傷あとを残した。

後藤新平をかついで通信社を作り、進取的な気運を盛りあげようとの案も、もはや実現不可能となった。後藤は震災後、帝都復興院総裁として働いたあと、憲政会内閣となってからは国内での力を失っていた。そして、日ソ間の調整と、少年団連盟総長としての働きと、政治の倫理化運動とに病後の老体をささげていた。いずれも未来に対する有意義な仕事なのだが、どこか散発的であり、どこか誤解されていた。あの通信社ができていれば、それを組織的に継続的に国民に結びつけられただろうにと、星は残念でならなかった。

この無意味な裁判のために星が使った訴訟費用と、損害との合計は莫大《ばくだい》なものだった。検察側にしても、相当な国費を使ったにちがいない。同業者たちが裏面で費した金額は、想像以上のものだったろう。すべて、非建設的なことに消えていった。

わが国の国際的信用にも影響した。英国は上海《シャンハイ》の英字紙で、阿片をめぐる日本の不正とつごうよく書きたて、排日気運をあおるのに利用している。他の欧米諸国も、東洋の薬品市場へ一段と容易に進出する自信をつけた。

判決は、第一審の有罪から無罪へ、その確定へと明るくはなった。だが、星を押しつつむ闇《やみ》は、そのたびに暗さをましている。

事業での信用は傷つき、明朗と活気で手をつなぎあった販売網はずたずたにされ、金融の道は閉ざされたままだ。無罪となったといっても、粗製モルヒネの払い下げの再開は、憲政会内閣が変らないうちは、実現を望めそうにないだろう。伊沢総督は転任したが、台湾における主要なる人事は、その系統の者に切り換えられてしまっている。払い下げ運動をしてきた業者だって、いまさらあきらめはしないだろう。

京橋のビルへの魔手は、しだいに正体をあらわしはじめた。前田一派は「星は社会的な信用がないから、役員として不適当である」と、株の多数にものをいわせ、追出しにとりかかりはじめた。

金貸しの芝の陰謀は、さらに巧妙に網をひろげている。星の秘書課長にまで、札束での誘惑の手をのばしはじめた。そして、そしらぬ顔をして、星に外遊をすすめるのだった。「いいかげんであとを私にまかせ、ドイツへいらっしゃったら」と。

このころ、ベルリンの旧王宮内において、華やかな会が開かれていた。日本学院の開院式である。正式の名称は〈日本とドイツにおける精神生活ならびに公共制度に関し相互の知識を促進するための学院〉である。日独の知的交流を高めることを目的とする機関だ。

会長に就任したフリッツ・ハーバー博士は、列席した人びとを前に、式辞をのべた。

「当学院がこの旧王宮内という誇らしい場所に開院することができたのは、われわれの日本における友人、星一氏の寄付によるものである……」

政治的に各国を結ぶには大公使館がある。経済面では商工会議所がある。だが、学問の分野では欠けていた。ハーバー博士はこのように学院の趣旨を説明しながら、星のことを思った。元気でやっているのだろうか。このところ手紙があまりこないが、忙しいせいなのだろうか。しかし、少し前に約束の寄付金の最終回分、二万五千円を送金してきた。それから察するに、順調に仕事を伸ばしているのだろうな。

この金は、星が約束をはたすべく、苦心して金をかき集め、不足分は青山の自宅を抵当に入れて作った金だった。だが、そんなことは少しも知らぬハーバー博士は、にこやかな表情で、やや形式的な結びの文句を言った。

「……地球の反対側の日本の友人は、われわれに対し無条件の信頼を示した。われわれも日本に対し、信義をもってこたえねばならないと思う。私はここに本日、本学院の開院を宣言する」

会場では、日本にむけての拍手がわきあがった。

しかし、その拍手の音は星の耳まではとどかない。社債の償還期日の十二月一日を控えながら、依然として金策の見込みはついていない。

このような時期、十月二十三日に株主総会が開かれた。しかし、星は悪びれることなく、気力を失うことなく、あいさつをはじめた。

「愛さるるもの、必ずしも幸福ではありません。虐待《ぎゃくたい》されるもの、必ずしも不幸ではありません。虐待されるところにこそ進歩がうまれます。これを契機として、あくまで進歩し、進歩しつづけるつもりでおります。

本社のこれまでの努力を、神はおみとめ下さっているでしょう。しかし、残念なことに、株主のみなさんを満足させる形にはなっておりません。社債をお持ちのかたに対しても同様です。しかし、どうかご同情と、ご後援の心を持ちつづけて下さるよう、お願い申しあげます。

現在の会社は困窮におちいり、活動力を失っております。しかし、私は会社の金を投機に使ったのでもなく、浪費したのでもなく、また事業に失敗したのでもありません。

私は、自分の物質的利益のためには働いておりません。事業をはじめてから二十年間に会社から得た報酬や配当の金は、すべて会社のために使い、個人として所有しているものは、一軒のぼろ家だけにすぎない。しかし、これも現在では抵当に入れてしまいました。

私はただ、株主はじめ事業関係者すべてに、高水準の利益を与えてみたいとの目的で働いてきました。しかし、官憲はなぜか同情してくれなかった……」

星は事件の経過のあらましを説明した。だが、話すにつれ、小さな出来事のすみずみまでまとわりついている、いいようのない不当で不明朗な思い出が浮きあがってくるのだった。最初の元気な口調も、しだいにとぎれがちになっていった。

星は最後にこう語り終えた。

「……阿片事件の発端から結審までの、このおびただしい犠牲の上に築かれたものに、なにがあるでしょうか。そこには、ただひとつの教訓があるだけです。われわれが持っている現在の文明には、まだ大きな欠陥があるという教訓が。このような取扱いをされても、政府にはなんの損害補償をも要求できないのですから、国民とはあわれな存在と言わなければならない」

星はここで少しうつむき、ため息をついた。過去を回想し、現状を思い、さらに暗さをます未来をなげく感情を、押えることができなかったのだ。十年前ごろには黒々としていた頭髪も、いまはまっ白になっていた。それから、かすれた声で言い加えた。

「人民は弱し、官吏は強し」

解説

鶴見俊輔

「私の父は大型のパッカードを愛用していた。朝になると会社から車が迎えにきて、父はそれに乗って出かけるのだった」

と、星新一は、『自動車』というショート・エッセイに書いた。

そのパッカードは、星新一の書いたように会社にも行ったかもしれないが、私の家のうしろもとおった。

私が、五つ、六つのころの思い出では、家のうしろに出て立っていると、ほとんど毎日星さんがパッカードにのってとおったような気がする。

毎朝というのは誇張かもしれない。しかし、こどものころの記憶には、自然と何かの感興による誇張がはたらいてしまい、見たことを極端なところにまでもって行ってしまうのである。

こうして、私の記憶によって正直に書くならば、幼稚園にもゆかず、小学校にも行かず、家のうしろにぼさっと立っていると、星さんののったパッカードがとおった。五、六才の私にとって星さんは、老人に見え、やせた老人だった。何かぴんとした黒っぽい洋服を着ていた。

星さんは、私の家に来たのではなく、私の母の父のところにたずねて来たのだった。私の母方の祖父はすでに失意の人だった。少年団の団長だけしているように私には思えた。その失意の人のところに、星さんが毎朝パッカードにのってたずねて来たのに、五十年あまりたった今、私は面白味を感じる。そこに、星さんの徳があるように感じるのだ。

星さんは私の祖父の家をたずねて、会社でつくった色々のものをおいていった。その多くは薬で、胃のもたれた時のくすり、便秘した時のくすり、下痢どめのくすり、すりむいた時のくすり、その他もろもろだったが、その他に「星クレオン」などというのもあったのをおぼえている。薬のつくりのこしを利用してつくったものだろうか。祖父の家からのおさがりだったのだろう、私の家の洗面所は、星製品にみちていた。洗面所のあらゆるところに、(と書くのはおさないころの記憶のとおりの誇張だが)、星印の品物があった。石けんなどもあったのではなかったか。

星さんが訪ねてきた後藤新平は、大正末にはもはや引退していた。脳溢血《のういっけつ》の発作があったため、もう自分で内閣を組織することをあきらめ、日ソ親善と政治の倫理化運動（これらのことはあとで知った）と少年団のことに主に力をいれていた。

息子さんである星新一氏のあらわした星一氏の伝記物語『人民は弱し 官吏は強し』を読むと、あきらかに星一氏は、兄貴分をまちがってえらんだのだ。そのために、加藤高明のひきいる官僚閥と財閥にさんざんにいためつけられたことは、この本に書かれているとおりである。

星新一は、実業の世界で親の仇《かたき》をとることはできなかった。政治の世界には出てゆかなかった。文学の領域に入って、そこで、親の仇をとったと言える。加藤高明も、三原作太郎（塩原又策）も、伊沢多喜男も、『人民は弱し 官吏は強し』を否定するだけの迫力ある記録をのこさなかったことだけはたしかである。

『人民は弱し 官吏は強し』だけでなく、その主な表現様式であるサイエンス・フィクションにおいても、星新一の発想の動機の背後に、父の事業の失敗とその仕事をうけついだ自分の事業の失敗とがあるように感じられる。

米国の大審院判事オリヴァ・ウェンデル・ホウムズ二世は、アイデアを自由市場に出し、そこで勝ちぬくものがよいアイデアだという説をたてた。十九世紀の米国では、ある程度、そういう考え方によって生きることができたかもしれない。

しかし、日本にもってきて米国ゆずりのその信念によって生きようとしたところに、星一のくいちがいがあった。それはいわばボタンのかけちがいのようなもので、そのちぐはぐな服を着たまま、星一は、失敗にもめげず生涯陽気に日本の各地をとびまわっていた。そこには、断乎《だんこ》とした姿勢があって、彼の生涯そのものがほとんど芸術的な感興を呼びさます。

しかし、この姿勢は、その信念とともに、成功を約束されていない。明治以前もそうだったであろうが、明治以後も、商才は、政治力、とくに政府を動かす官僚と結びつくことなしにはこの国では安定した力を発揮することができない。しかも、星は、政治の領域において、負け犬を兄貴分としてえらんでしまったのだから、成功するわけがない。

しかし、その信念そのままに、口笛ふいて生涯をわたったところに、この世で成功した人びとをこえる、さわやかな風が吹きわたるという印象をのこした。

息子の星新一は、自由市場にアイデアを送りだして、アイデアそのものに勝負をまかせることのできる活動領域を、えらんだ。それが文学であり、それもサイエンス・フィクション、さらにその限定した様式としてのショート・ショートだった。この領域の開拓者として星新一があらわれたことに、家族史としての特色があざやかにあらわれている。

いっぽう、実業の領域、政治の領域では、日本国の「有史以来」の大敗北にもかかわらず、今もなお、「人民は弱し 官吏は強し」という父星一の言葉は適切である。この小説風の伝記は、日本の現代に対して一つの寓話《ぐうわ》として読むことができる。

(昭和五十三年六月、評論家)

この作品は昭和四十二年三月文藝春秋より刊行された。

星新一著 **妄想銀行**

人間の妄想を取り扱うエフ博士の妄想銀行は大繁盛！ しかし博士は、彼を思う女からとった妄想を、自分の愛する女性にと……32編。

星新一著 **ブランコのむこうで**

ある日学校の帰り道、もうひとりのぼくに会った。鏡のむこうから出てきたようなぼくとそっくりの顔！ 少年の愉快で不思議な冒険。

星新一著 **おせっかいな神々**

神さまはおせっかい！ 金もうけの夢を叶えてくれた〝笑い顔の神〟の正体は？ スマートなユーモアあふれるショート・ショート集。

星新一著 **ひとにぎりの未来**

脳波を調べ、食べたい料理を作る自動調理機、眠っている間に会社に着く人間用コンテナなど、未来社会をのぞくショート・ショート集。

星新一著 **だれかさんの悪夢**

ああもしたい、こうもしたい。はてしなく広がる人間の夢だが……。欲望多き人間たちをユーモラスに描く傑作ショート・ショート集。

星新一著 **未来いそっぷ**

時代が変れば、話も変る！ 語りつがれてきた寓話も、星新一の手にかかるとこんなお話に……。楽しい笑いで別世界へ案内する33編。

星新一著
さまざまな迷路
迷路のように入り組んだ人間生活のさまざまな世界を32のチャンネルに写し出し、文明社会を痛撃する傑作ショート・ショート。

星新一著
かぼちゃの馬車
めまぐるしく移り変る現代社会の裏の裏のからくりを、寓話の世界に仮託して、鋭い風刺と溢れるユーモアで描くショートショート。

星新一著
エヌ氏の遊園地
卓抜なアイデアと奇想天外なユーモアで、夢想と現実の交錯する超現実の不思議な世界にあなたを招待する31編のショートショート。

星新一著
盗賊会社
表題作をはじめ、斬新かつ奇抜なアイデアで現代管理社会を鋭く、しかもユーモラスに風刺する36編のショートショートを収録する。

星新一著
ノックの音が
サスペンスからコメディーまで、「ノックの音」から始まる様々な事件。意外性あふれるアイデアで描くショートショート15編を収録。

星新一著
夜のかくれんぼ
信じられないほど、異常な事が次から次へと起こるこの世の中。ひと足さきに奇妙な体験をしてみませんか。ショートショート28編。

星新一著
おみそれ社会
二号は一見本妻風、模範警官がギャング……。ひと皮むくと、なにがでてくるかわからない複雑な現代社会を鋭く描く表題作など全11編。

星新一著
たくさんのタブー
幽霊にささやかれ自分が自分でなくなってあの世とこの世がつながった。日常生活の背後にひそむ異次元に誘うショートショート20編。

星新一著
なりそこない王子
おとぎ話の主人公総出演の表題作をはじめ、現実と非現実のはざまの世界でくりひろげられる不思議なショートショート12編を収録。

星新一著
どこかの事件
他人に信じてもらえない不思議な事件はいつもどこかで起きている――日常を超えた非現実的現実世界を描いたショートショート21編。

星新一著
安全のカード
青年が買ったのは、なんと絶対的な安全を保障するという不思議なカードだった……。悪夢とロマンの交錯する16のショートショート。

星新一著
ご依頼の件
だれか殺したい人はいませんか？　ご依頼はこの本が引き受けます。心にひそむ願望をユーモアと諷刺で描くショートショート40編。

星新一著
ありふれた手法
かくされた能力を引き出すための計画。それはよくある、ありふれたものだったが……。ユニークな発想が縦横無尽にかけめぐる30編。

星新一著
凶夢など30
昼間出会った新婚夫婦が殺しあう夢を見た老人。そして一年後、老人はまた同じ夢を……。夢想と幻想の交錯する、夢のプリズム30編。

星新一著
どんぐり民話館
民話、神話、SF、ミステリー等の語り口で、さまざまな人生の喜怒哀楽をみせてくれる31編。ショートショート一〇〇一編記念の作品集。

星新一著
これからの出来事
想像のなかでしかスリルを味わえない絶対に安全な生活はいかがですか？　痛烈な風刺で未来社会を描いたショートショート21編。

星新一著
つねならぬ話
天地の創造、人類の創世など語りつがれてきた物語が奇抜な着想で生まれ変わる！　幻想的で奇妙な味わいの52編のワンダーランド。

星新一著
明治の人物誌
野口英世、伊藤博文、エジソン、後藤新平等、父・星一と親交のあった明治の人物たちの航跡を辿り、父の生涯を描きだす異色の伝記。

星新一著

天国からの道

単行本未収録作品を集めた没後の作品集を再編集。デビュー前の処女作「狐のためいき」、1001編到達後の「担当員」など21編を収録。

星新一著

ふしぎな夢

『ブランコのむこうで』の次にはこれを読みましょう！　同じような味わいのショートショート「ふしぎな夢」など初期の11編を収録。

新潮文庫編

文豪ナビ　芥川龍之介

カリスマシェフは、短編料理でショーブする——現代の感性で文豪の作品に新たな光を当てる、驚きと発見に満ちた新シリーズ。

新潮文庫編

文豪ナビ　夏目漱石

先生ったら、超弩級のロマンティストだったのね——現代の感性で文豪の作品に新たな光を当てる、驚きと発見に満ちた新シリーズ。

新潮文庫編

文豪ナビ　三島由紀夫

時代が後から追いかけた。そうか！　早すぎたんだ——現代の感性で文豪の作品に新たな光を当てる、驚きと発見に満ちた新シリーズ。

新潮文庫編

文豪ナビ　太宰　治

ナイフを持つまえに、ダザイを読め!!　現代の感性で文豪の作品に新たな光を当てた、驚きと発見が一杯の新読書ガイド。全7冊。

呉茂一著

ギリシア神話（上・下）

時代を通じ文学や美術に多大な影響を与え続けたギリシア神話の世界を、読みやすく書きながら、日本で初めて体系的にまとめた名著。

北村薫著

スキップ

目覚めた時、17歳の一ノ瀬真理子は、25年を飛んで、42歳の桜木真理子になっていた。人生の時間の謎に果敢に挑む、強く輝く心を描く。

北村薫著

ターン

29歳の版画家真希は、夏の日の交通事故の瞬間を境に、同じ日をたった一人で、延々繰り返す。ターン。ターン。私はずっとこのまま？

宮木あや子著

花宵道中

R－18文学賞受賞

あちきら、男に夢を見させるためだけに、生きておりんす――江戸末期の新吉原、叶わぬ恋に散る遊女たちを描いた、官能純愛絵巻。

中島義道著

私の嫌いな10の人びと

日本人が好きな「いい人」のこんなところが嫌いだ！「戦う哲学者」が10のタイプの「善人」をバッサリと斬る、勇気ある抗議の書。

中島義道著

働くことがイヤな人のための本

「仕事とは何だろうか？」「人はなぜ働かなければならないのか？」生きがいを見出せない人たちに贈る、哲学者からのメッセージ。

人《じん》民《みん》は弱《よわ》し 官《かん》吏《り》は強《つよ》し

新潮文庫　ほ - 4 - 16

昭和五十三年七月二十五日　発行
平成十八年二月二十五日　二十三刷改版
令和七年二月五日　三十刷

著者　星《ほし》新《しん》一《いち》

発行者　佐藤隆信

発行所　株式会社 新潮社

郵便番号　一六二—八七一一
東京都新宿区矢来町七一
電話　編集部(〇三)三二六六—五四四〇
　　　読者係(〇三)三二六六—五一一一
https://www.shinchosha.co.jp

価格はカバーに表示してあります。

乱丁・落丁本は、ご面倒ですが小社読者係宛ご送付ください。送料小社負担にてお取替えいたします。

印刷・株式会社光邦　製本・株式会社大進堂

ISBN978-4-10-109816-6 C0193